헬조선
원정대

헬조선 원정대, 을밀대 체공녀 사건의 재구성

서해문집 청소년문학 010

초판 1쇄 인쇄 2020년 11월 20일
초판 1쇄 발행 2020년 11월 25일

지은이   김소연
펴낸이   이영선
책임편집   김종훈

편집   이일규 김선정 김문정 김종훈 이민재 김영아 김연수 이현정 차소영
디자인   김회량 이보아
독자본부   김일신 김진규 정혜영 박정래 손미경 김동욱

펴낸곳 서해문집 | 출판등록 1989년 3월 16일(제406-2005-000047호)
주소 경기도 파주시 광인사길 217(파주출판도시)
전화 (031)955-7470 | 팩스 (031)955-7469
홈페이지 www.booksea.co.kr | 이메일 shmj21@hanmail.net

ⓒ김소연, 2020
ISBN 979-11-90893-37-4 43810

이 도서의 국립중앙도서관 출판예정도서목록(CIP)은 서지정보유통지원시스템 홈페이지(http://
seoji.nl.go.kr)와 국가자료공동목록시스템(http://www.nl.go.kr/kolisnet)에서 이용하실 수
있습니다.(CIP제어번호: CIP2020047058)

이 도서는 경기도, 경기문화재단의 문예진흥기금으로 발간되었습니다.

서해문집
청소년문학
010

헬조선 원정대

을밀대 체공녀 사건의 재구성

김소연 장편소설

서해문집

차례

프록시마b

"이번 역은 역사복원위원회, 역사복원위원회입니다. 내리실 문은 오른쪽입니다. 다음 역은 핵융합 오십육 단지입니다."

진공 튜브 속을 달리는 자기부상열차 안, 매끄러운 안내방송이 흘러나왔다. 아침 이른 시각이라 그런지 '라인' 객차 안은 한산했다. 라인이란 프록시마b 행성의 거주지들을 잇는 유일한 대중교통이다. 회색과 황토색으로 얼룩진 프록시마b의 표면을 라인 튜브가 이리저리 가로지른다. 그 속으로 자기부상열차가 쉼 없이 오고가는 라인 튜브는 핏줄처럼 선명하다.

인류가 프록시마b에 이주해 온 뚜렷한 증거는 두 가지였다. 라인과 그 중간중간에 건설된 거주단지. 커다란 비눗방울같이 생긴 탄소유리 돔 안에 옹기종기 모인 건물들은 은빛 갑옷처럼 빛나는 금속판들로 싸여 있다. 이 판들은 프록시마b의 모성(母星)이라고 할 수 있는 항성 프록시마에서 뿜어내는 방사능을 차단하기 위해서 만든 특수 합금 외벽이었다. 탄소유리 돔이 방사능의 95퍼센트를 우주 공간으로 반사해 날려 버리지만 나머지 5퍼센트만으로도 인간에게는 치명적인 발암 물질이 될 수 있기 때문이다. 그 나머지 5퍼센트를 건물 외벽의 특수 합금이 차단해 주는 것이다. 프록시마b로 이주한 인간들은 이 두 개의 보호벽 안에서 살아간다.

라인의 안내방송이 끝나기도 전에 백발이 성성한 노인이 머리를 들었다. 마리우스 박사였다.

"벌써 다 왔나? 새 노선이 빠르긴 빠르군."

깡마른 체구의 박사는 곁에 놓인 가방을 챙겨 들고 일어섰다. 170센티미터가 안 되는 작은 키에 어깨까지 구부정한 탓에 몸집은 더욱 작아 보였다. 하지만 인공 안구로 대체한 박사의 눈은 유리알처럼 맑고 차가웠다. 누구든 그 눈과 마주치면 마리우스 박사의 천재적 두뇌, 그리고 결단력과 추진력을 겸비한 담대한 성격을 짐작할 수 있었다. 몸가짐이나 표정 역시 바늘 끝 하나 안 들어갈 것처럼 다부지고 깔끔했다. 과연 프록시마b 행성에서 세 손가락 안에 꼽히는 과학자다운 면모였다. 하지만 자기부상열차 문 앞에 얌전히 서 있는 그를 알아보는 사람은 없었다. 박사는 프록시마 1년 442일 대부분을 타임머신 개발을 위해 연구소에 틀어박혀 지내기 때문이다.

"약속 시간보다 좀 이르겠는걸."

마리우스 박사는 팔목 살갗 안쪽에서 반짝이는 숫자를 내려다 보다 창밖으로 시선을 돌렸다.

라인 전차 창밖으로 제2의 지구, 프록시마b의 정경이 광활하게 펼쳐졌다. 아직 지구에서 가져온 식물들의 군집 이식이 완료되지는 않았지만 군데군데 푸른 숲이 눈에 들어왔다. 물론 푸른 숲 역시 탄소유리 돔 안에 소복이 담겨 있었다.

마리우스 박사는 보물섬처럼 귀한 숲을 보며 중얼거렸다.

"이 별에 정착한 지 이제 겨우 칠십 년인데 저 정도면 출발은 좋은 셈이지."

프록시마b는 켄타우로스 행성계의 작은 별이다. 항성 프록시마 주위를 도는 행성 프록시마b는 호모 사피엔스, 즉 인류를 멸망 직전에서 구해 준 피난처이자 새로운 보금자리였다.

200년 전, 그러니까 지구력으로 서기 23세기에 이 별에 대한 조사가 완료됐다. 개발 여하에 따라 지구와 자연환경 일치 비율을 75 퍼센트까지 끌어올릴 수 있을 거라는 예측도 포함된 발표가 있었다. 이 같은 우주과학센터의 탐사 결과가 나오자마자 지구인들은 환호성을 올렸다.

서기 22세기, 지구는 절체절명의 위기에 빠져 있었다. 환경오염의 여파로 생태계는 복원 불가능한 지경으로 파괴됐고, 세계 전쟁으로 인한 핵무기 사용이 지구라는 아름다운 별을 지옥보다 더 끔찍한 방사능 폐기장으로 만들어 버렸다. 푸른 별을 함부로 착취하고 학대한 인류는 그 대가를 치르느라 멸망의 그날만을 기다리는 신세였다.

22세기에서 23세기로 넘어가는 100년 동안 인구수는 급속도로 줄어들었다. 핵전쟁 직후 간신히 유지하던 2억 인구는 피폭 여파로 500만 명으로 줄었고, 그나마 방사능 피폭을 피해 건강한 신체를 유지하는 인구는 100만 명도 채 되지 않았다. 평균 수명 역시 48세로 뚝 떨어졌다. 21세기 말 전 세계 인구의 평균 수명이 120세였으니 반 토막도 채 안 되는 숫자였다. 그러는 사이 시간은 22세기에서 23세기로 넘어갔다.

세기말적인 암울이 전 지구를 휩쓸고 있을 때 프록시마b로 보냈던 탐사위성에서 신호가 왔다. 이 별을 심층 탐사한 결과를 전파로 보낸 것이다. 핵전쟁이 지구를 초토화시키기 얼마 전, 우주탐사 지구연합위원회에서 쏘아 올린 탐사선이 5년의 여행 끝에 프록시마b에 도착했다. 프로그램된 대로 6개월의 탐사 일정을 마친 탐사위성은 보고서를 지구로 전송했다. 하지만 지구에서는 그 전파를 받지 못했다. 지구에 닥친 핵전쟁과 그로 인한 방사능 태풍이 수신을 불가능하게 만들었기 때문이다. 결국 전파는 지구 주변을 100년이나 떠돌다 기적적으로 안테나에 잡혔다. 프록시마b에서 보내온 보고서에는 인간 생존의 막연한 가능성만 적혀 있을 뿐이었다. 그러나 누구도 망설일 여유가 없었다.

지구연합위원회는 우주이민 정책을 만장일치로 결정했다. 그리고 온 인류는 합심해 프록시마b로 떠나기 위한 준비에 들어갔다. 핵전쟁으로 파괴된 우주기지를 재건하고 많은 사람을 태우고 우주여행을 할 우주여객기를 제작하느라 온 힘을 기울였다. 비행시간을 단축할 수 있는 초광속 엔진 개발에도 매달렸다. 국가 간 전쟁을 치를 때는 서로를 초토화시키기 위해 수단과 방법을 가리지 않던 인간들이 종의 멸망 앞에서는 곧바로 하나가 됐다.

프록시마b로 이주할 수 있는 자격은 엄격한 선발기준을 통과한 소수에게만 주어졌다. 연령은 20세 미만, 성별과 인종은 공평한 배분율로 할당됐다. 나이를 스무 살 미만으로 책정한 것은 당시 인류 평균 수명을 염두에 두었기 때문이다. 그때만 하더라도 인간은 오래 살아야 48세까지였다. 쉰 살이 되는 생일을 맞이하는 경우는 극히 드물었다. 사정이 이러니 프록시마b로 옮겨 가 새 터전을 일구기 위해 활동량과 활동 기간을 최대한 확보할 수 있는 조건으로 나이를 제한할 수밖에 없었다.

100만이 채 안 되는 인구 중, 신체 건강하고 2세 계획에 차질이 없는 20세 미만의 이주민을 추려 내자 남는 사람은 고작 1만 명도 되지 않았다. 그 1만 명 중에 범죄 발생인자 유전자 검사를 통과한 이는 2000명이 조금 안 됐다.

결국 프록시마b를 향해 쏘아 올리는 우주이주선 탑승한 인원은 고작 1500명이 전부였다. 모든 시험을 다 통과하고도 가족과 함께 지구에서 최후를 맞이하겠다고 결정한 사람이 4분의 1이나 됐던 것이다.

어쨌든 이런 철저한 우주이민 정책 덕분에 프록시마b 정착민들은 매우 평화롭고 안정된 사회를 꾸려 갔다. 사람들은 지구에서의 끔찍한 경험을 거울삼아 분쟁이나 침략, 과잉 생산과 과잉 소비를 철저하게 경계했다. 범죄 유전인자가 0퍼센트인 사람들로만 구성된 이주민들은 성실하고 조화로운 사회성을 발현했다. 그 덕분에 프록시마b를 위협하는 위험 요소는 모성 프록시마에서 쏟아내는 방사능이 전부였다. 국가도 국경도 없이 하나의 조직으로 구성된 신인류 집단 거주지 프록시마b에는 세대가 3대에서 4대로 이어지고 있었다.

마리우스 박사는 여덟 살 때부터 근무하기 시작한 프록시마b 이주정책단 시절을 회상했다. 그는 지구에서 태어난 지구인이었다. 다섯 살이 되던 해, 부모와 형제 등 가족 중 유일하게 이주민 시험에 통과해 우주선을 탔다. 이미 지구에서부터 과학 천재 교육 대상자로 발탁된 박사는 유전자상 기대수명까지 90세로 측정된 천운의 사나이였다. 그리고 자신에게 베풀어진 행운을 한 치의 낭비 없이 썼다. 그는 프록시마b로 이주한 후 평생을 이 별만을 위해 살아온 것이다. 그는 여덟 살이라는 어린 나이에 행성 간 이동 수단에 관한 연구 논문으로 박사학위를 땄다. 그 후, 평생을 연구실에 틀어박혀 타임머신을 개발하는 데 온 시간을 바쳤다. 아내도 아이도 없이 오로지 연구와 실험에만 골몰했다.

마리우스 박사의 기억신경세포에는 지구의 잔상이 거의 남아 있지 않았다. 워낙 똑똑하고 기억력이 좋은 그였지만 가족과 생이별을 하던 그 당시의 참담함이 지구에 대한 모든 추억을 잠재적 무의식 속에 가두어 버렸기 때문이다. 그러나 외면하는 만큼 두고 온 고향 별, 지구에 대한 그리움과 안타까움은 그의 천성처럼 마음 속 깊이 새겨져 있었다.

"언제 즈음이면 푸른 숲길을 걸으며 산소를 마음껏 들이마시게 될까?"

혼잣말로 중얼거리던 마리우스 박사가 팔목에 삽입된 인공지능 센서에 현재 프록시마b의 자연환경 데이터를 요청했다.

현재 박사님이 계시는 핵융합 54단지 주변의 기후 데이터입니다. 대기 중 산소 함량 12%, 암모니아 42%, 이산화탄소 20%, 수소 25%, 이외에 수증기와 아르곤 소량입니다.

"아직 멀었군. 하지만 숲이 확장되면 오백 년 안에는 외부복 없이도 밖으로 산책을 나갈 수 있을게야."

외부복이란 우주복처럼 인간의 생명과 안전을 지켜 주는 방어복이었다. 인간은 외부복 없이 프록시마의 지표면으로 나갈 수가 없었다. 방사능은 차치하고라도 산소 부족 이외에도 지구와는 구성 성분이 다른 기체들의 위험성을 다 밝혀내지 못했기 때문이다.

"마중 나오는 직원이 있을 거라고 했는데."

마리우스 박사가 역사복원위원회역 승강장을 내딛으며 주위를 둘러보았다. 때마침 개찰구 저쪽에서 젊은 남자 하나가 이쪽을 향해 손을 흔들고 있었다.

"마리우스 박사님! 어서 오십시오! 이쪽입니다!"

그 소리에 승강장에 있던 몇몇 사람들이 마리우스 박사와 연구원을 번갈아 힐끔거렸다. 박사는 고개를 푹 수그리고 발걸음을 옮겼다.

"역사복원위원회에는 저런 경박한 직원밖에 없는 건가? 그래도 마중 직원으로 로봇이 아닌 사람을 보내 줬으니 대접이라면 대접이군."

청년은 그런 박사의 마음은 전혀 헤아리지 못하는지 연신 싱글벙글이었다.

푸른 바다와 붉은 태양

"노을아! 노을아! 그만 일어나! 학습원 늦겠다."

노을은 침대에 엎드린 채 베개를 뒤집어썼다. 그래도 누나 마린의 새된 목소리는 노을의 두 귀로 날카롭게 파고들었다.

"너 이러다 지각이야! 빨리 일어나!"

"아 진짜! 시끄러워 죽겠네!"

노을은 얼굴 위를 덮고 있던 베개를 침대 옆 탄소유리벽에 던졌다. 순간 유리벽 위로 떠 있던 마린의 커다란 홀로그램이 사라졌다. 대신 지구의 아름다운 들판과 그 위로 떠오르는 아침 해가 영화처럼 펼쳐졌다. 비록 홈 케어 시스템이 제공하는 영상이지만 유리벽 위로 선명하게 번지는 햇살은 방을 환하게 비추었다.

노을이 끙, 소리를 내며 이불 속으로 파고드는데 우윳빛 픽셀 문이 스르르 사라졌다. 그 자리에 누나 마린이 팔짱을 낀 채 서 있었다. 열여덟 살 마린은 열다섯 살 노을에게 엄마 같은 누나였다.

터울이 겨우 세 살밖에 안 나지만 마린에게 동생 노을은 언제나 철부지였다.

"내가 이럴 줄 알았지. 뭐? 누나가 깨워 주는 영상으로 기상 알람을 설정하면 단번에 일어날 거라고? 행여나!"

마린은 노을이 웅크리고 누운 침대 앞으로 성큼성큼 다가갔다. 노을은 이불 밖으로 눈만 빠끔히 내놓은 채 누나를 쳐다보았다. 마린의 단정한 제복 차림과 반듯한 머리 모양이 노을의 눈에 들어왔다. 특히 단발로 자른 다갈색 머리카락이 찰랑거리는 게 눈길을 끌었다. 부지런한 마린은 이미 출근 준비를 마친 모습이었다.

"벌써 나가는 거야?"

노을이 게으름 잔뜩 묻은 목소리로 물었다.

"어제 얘기했잖아. 오늘 첫 출근이라고."

마린이 이불을 확 젖히며 대답했다.

노을은 부스스 윗몸을 일으키더니 한껏 기지개를 켰다. 마린은 침대 머리맡에 놓인 인공지능 스피커에 대고 말했다.

"카이! 침대 정리!"

마린의 말이 떨어지자마자 침대가 부웅, 하는 소리와 함께 움직이기 시작했다. 노을이 재빨리 침대에서 뛰어내렸다. 침대는 자동 청소 모드로 들어갔다. 노을은 사방으로 뻗친 머리를 북북 긁으며 볼멘소리를 했다.

"같이 아침 먹기로 해 놓고 치사하다."

마린은 다시 한 번, "카이, 실내 청소"라고 말했다. 환기구에서 깨끗한 공기가 들어오고 벽에 붙어 있던 청소볼이 툭 떨어졌다. 청소볼 둥근 몸체에서 온갖 청소도구가 튀어나와 너저분한 노을의 방을 쓸고 닦고 정리했다.

노을은 터덜터덜 샤워부스로 들어갔다.

"같이 아침 먹고 나갈 거니까 서둘러."

마린은 방을 나와 주방으로 향했다. 주방 한쪽에 놓인 식탁엔 벌써 김이 모락모락 나는 스프와 갓 구운 빵, 그리고 뜨거운 달걀부침과 소시지가 기다리고 있었다. 마린이 식탁을 둘러보다 말했다.

"카이! 우유랑 석류 주스 한 잔씩 부탁해."

주방 싱크대 앞에 서 있던 '홈봇' 카이가 냉장고에서 찬물 두 잔을 꺼내 식탁 위에 놓았다. 그리고 싱크대 서랍에서 꺼낸 캡슐 두 개를 각각 물 잔에 떨어트렸다. 유리컵 안 물이 각각 하얀 우유와 붉고 맑은 과일즙으로 바뀌었다. 홈봇은 주인의 다음 지시를 기다리느라 마린의 얼굴을 바라봤다. 카이는 로봇임을 한눈에 알아볼 만큼 기계적인 외모를 갖추고 있었다. 홈봇이 너무 사람처럼 생기면 오히려 거부감과 위화감을 준다는 연구 결과 때문이었다. 동그랗고 귀여운 얼굴 모양에다 가슴에는 모니터가 부착돼 있었다. 다만 목소리만은 마린이 좋아하는 팝페라 가수의 음성을 다운받아 멋들어졌다. 마린은 식탁을 한번 둘러보더니 의자에 앉았다.

"이 정도면 됐어. 노을이 통학 셔틀 캡이 어디 즈음 도착했는지 알아봐 줘."

마린의 말이 떨어지자마자 카이 가슴에 달린 모니터에 지도가 떴다. 지도 한가운데 붉은 점이 반짝반짝 빛을 냈다.

"셔틀 캡 도착 삼십육 분 전입니다."

"노을이 오늘 시험 본다고 하지 않았어?"

마린이 식탁 위에 놓인 접시들을 이리저리 옮기며 물었다. 달걀 부침과 소시지를 노을이 자리 쪽으로 모아 놓는 중이었다.

"네, 맞습니다. 오늘 오후 한 시부터 한 시간 동안 진행될 예정입니다."

"준비는 다 됐대?"

마린이 걱정스러운 표정을 짓자 카이가 대답했다.

"어제 집에서 본 모의시험 점수를 말씀 드릴까요?"

마린은 카이의 대답을 듣자 피식, 웃고 말았다.

"됐어. 점수가 잘 나왔으면 네가 내 얼굴을 보고 그런 대답을 할 리가 없지."

인간의 표정과 말투를 분석해 감정 상태를 읽고 그에 맞는 대답을 제공하는 홈봇이었다.

"너무 걱정하실 필요는 없습니다. 노을 도련님의 기억력은 반에서 최상위권을 유지하고 있습니다. 또한 위기 대처 능력 또한 상위 오 퍼센트 안에 드니까 모르는 시험 문제가 나와도 특유의 설득력 있는 문장으로 높은 점수를 받으실 겁니다."

"임기응변이 우리 집안의 내력이긴 하지."

"임기응변도 인간만이 가질 수 있는 장점 중 하나입니다."

마린이 고개를 끄덕였다.

"그래. 내가 너무 예민하게 구는 거겠지. 시험이라고 해 봤자 그동안 공부한 것 복습 차원에서 정리 발표하는 건데 말이야."

프록시마b에서 태어나 자란 프록시마인들은 자신들의 선조인 지구인들에게서 보였던 경쟁심이나 시기, 질투 등의 부정적인 감정은 갖고 있지 않았다. 이 별에서는 풍족한 생활환경을 획득하기 위해 싸우거나 경쟁할 필요가 없었다. 이 별은 어디나 똑같이 극단의 불모지였다. 한창 '지구화 프로젝트'가 가동 중이지만 지구처럼 윤택한 자연환경을 조성하려면 아직 몇백 년은 더 개발을 해야 했다. 그러니 땅이나 주거지를 두고 쟁탈전을 벌일 이유가 없었다. 모두가 합심해 프록시마b를 제2의 지구로 만들어야 할 뿐이었다. 그래서인지 프록시마인들은 한 가족이라는 의식이 강했다. 아무리 멀리 떨어져 살고, 한 번도 본 적 없는 사람이라도 1500명밖에 안 되는 이주민의 자손이라는 사실이 강한 연대감을 불러일으켰다. 이러한 가족의식은 쟁취나 경쟁, 독점욕 같은 정신적 에너지를 불필요하게 여기도록 했다.

"'시험'이라는 단어가 주는 울림에 노을 도련님이 반항하시는 것 같아요."

카이가 전날 노을과 나눈 대화를 복기하며 말했다.

"아니면 임기응변의 묘미를 느끼려고 일부러 공부를 안 한 건지도 모르지."

마린이 슬쩍 부엌문 쪽을 보며 대꾸했다. 흉보기가 들킬까 봐 살짝 염려하는 눈길이었다.

"도련님은 용기와 배짱이 두둑하신 분입니다. 만약 시험에 불합격한다 하더라도 걱정 마세요. 결국엔 해내실 겁니다. 지금껏 그래 왔잖아요."

카이가 식탁 위에 새로 구운 빵을 올리며 말했다.

마린이 따끈하고 바삭한 빵을 들어 올리다 물었다.

"그런데 도련님이라니? 언제부터 노을이를 도련님이라고 부르는 거야?"

"노을 도련님이 호칭 프로그램을 새로 설정한 지 일주일이 조금 넘었습니다, 마린 아가씨."

"아가씨? 내 호칭까지 바꿨어? 제 맘대로?"

"지구의 역사 시간에 배우셨다고 하시더군요. 중세 문화사라는…."

"됐어, 됐어! 난 그냥 전처럼 마린이라고 불러 줘. 아가씨란 호칭 별로 마음에 안 들어."

마린이 손을 내젓자 카이가 대답했다.

"지시대로 하겠습니다, 마린."

마린과 카이가 이야기하는 사이, 노을은 공기 샤워를 마치고 부리나케 옷을 갈아입었다.

"가만 보자. 오늘은 우주개론 수업 다음에 켄타우로스 성운에 대한 시험이 있다고 했지?"

노을은 "아, 다 못 외웠는데" 하며 입맛을 쩝쩝 다셨다. 그러곤 거울 속에 비친 자신의 옷매무새를 훑어보더니 목소리를 느끼하게 깔았다.

"역시 이 노을 님의 출중한 외모는 알아줘야 한다니까."

노을은 찡긋, 눈인사를 하고 방을 나왔다. 주방으로 들어온 노을이 식탁을 보며 눈을 동그랗게 떴다.

"어? 이거 다 뭐야? 영양 시리얼이 아니네."

노을은 신이 나서 식탁 의자에 잽싸게 앉았다. 마린은 접시 위의 음식을 허겁지겁 먹어 대는 동생을 보며 빙긋 웃었다.

"천천히 먹어."

"이거 진짜 닭이 낳은 달걀이지? 맛이 달라!"

노을이 감탄 어린 표정을 짓자 마린이 슬쩍 눙쳤다.

"설마 우리 형편에 진짜 달걀이려고?"

노을이 짓궂은 눈길로 마린을 노려보았다.

"그니까! 나도 평생 딱 두 번밖에 못 먹어 봤지. 근데 진짜 달걀 프라이 맛은 정확히 기억하고 있거든."

마린이 뻐기듯 대답했다.

"누나 취직했잖아. 오늘은 첫 출근 날이라 기념으로 한턱내는 거야."

"크, 역시 우리 누나 능력 좋은 거는 알아줘야 한다니까."

노을은 스프와 소시지를 단숨에 먹어 치우고 트림을 꺽 했다.

"근데 누나. 정말 그 원정대인지 뭔지에 들어가는 거야?"

노을은 카이가 제 앞에 놓인 접시를 치우자 마린을 향해 미간을 찌푸렸다.

마린이 그렇다고 대답했다.

"나도 뉴스랑 자료 좀 찾아봤거든. 근데 좀 위험하던데…."

노을의 얼굴이 자못 진지해졌다.

"애 좀 봐. 달걀 프라이 먹을 때만 해도 누나 능력 좋다고 헤헤거리더니. 왜? 다 먹고 나니까 이제야 하나밖에 없는 누나 걱정되니?"

마린이 빙글거리며 놀리듯 말했다. 순간, 노을이 얼굴이 살짝 어두워졌다.

"하나밖에 없는 누나가 아니라 하나밖에 안 남은 가족이잖아."

"…."

노을은 굳어지는 누나의 얼굴을 바로 보지 못하고 고개를 돌렸다. 마린은 그런 동생을 보다 숟가락질을 멈추었다.

"노을아, 엄마 아빠는 살아 계셔. 다만 지금 어디 계신지 우리가 알지 못할 뿐이지."

마린이 달래듯 부드러운 미소를 지었다.

노을이 반박하듯 툭 쏘아붙였다.

"두 분이 웜홀에서 실종된 지 벌써 두 해가 넘었어. 아빠의 우주 탐사선 현재 위치는커녕 신호조차 잡히지 않는단 말이야. 그런데 뭘 근거로 그렇게 말하는 건데!"

마린도 모르는 사실이 아니었다.

마린과 노을 오누이의 부모인 정대양과 고아라는 프록시마b에서 쏘아 올린 '제3지구탐사선'의 선장과 선임항해사였다. 두 사람은 프록시마b에 이어 인류가 새롭게 둥지를 틀 새로운 행성을 찾는 프로젝트를 수행 중이었다. 그러나 탐사선이 웜홀에 휘말려 들어간 후 모든 시그널이 끊어지고 말았다. 프록시마b 우주탐사본부에서는 2년이 지난 지금까지 백방으로 탐사선의 흔적을 찾는 데 온 심혈을 기울이고 있었다. 그러나 마린과 노을 두 오누이의 소망과는 다르게 기쁜 소식은 좀처럼 들려오지 않았다. 그러나 마린은 부모님의 생존을 그 누구보다 굳게 믿고 있었다. 뭐라고 설명할 수는 없지만 마린은 본능처럼 알고 있었다. 부모님은 어딘가에 살아 계신다. 그러나 동생의 이런 말은 슬프고도 기운 빠지는 것이었다. 마린은 뭐라고 다시 반박하려다 입을 다물고 말았다. 야단을 쳐서 될 일도, 달래서 될 일도 아니었다. 동생 노을이의 저 응어리를 풀어 줄 수 있는 단 하나의 방법은 엄마 아빠를 찾아다 눈앞에 데려다 놓는 것뿐이었다. 마린은 안쓰러운 눈으로 동생을 쳐다볼 뿐이었다.

주방에 어색한 침묵이 흘렀다.

"노을 도련님 셔틀 캡 도착 삼 분 전입니다."

카이의 부드러운 음성이 오누이 사이의 정적을 깼다.

"같이 나가자."

마린이 앞장서 현관으로 나갔다. 통학 전용 자율주행차가 벌써 도착해 대기하고 있었다.

"시험 잘 보고!"

마린이 차에 올라타는 노을에게 외쳤지만 동생은 아무 대답 없이 앞만 보고 있었다. 마린이 혼잣말로 중얼거렸다.

"노을아, 네가 뭘 걱정하는지 알아. 하지만 누나가 아니면 누가 가겠니."

마린은 멀어지는 차를 넋 놓고 바라보다 흠칫 정신을 차렸다.

"이러다 나야말로 지각하겠는걸."

마린은 서둘러 집 앞에 있는 라인 정류장으로 갔다. 그리고 곧바로 자기부상열차에 올라탔다. 자리를 잡고 앉은 마린이 팔뚝에서 반짝거리는 알림 표시를 보았다. '헬조선 원정대' 본부에서 온 문자였다.

오전 9시까지 역사복원위원회 대회의장으로 출근하시오

마린은 문자를 확인하고 고개를 갸우뚱거렸다.

"역사복원위원회?"

오늘은 원래 21단지에 있는 원정대 본부로 출근하기로 돼 있었다. 그런데 도착 한 시간 전에 변경 문자가 오다니 이상한 일이었다.

"웬일이지?"

하나를 의심하기 시작하면 모든 게 위태로워 보이는 법일까? 마린은 불안한 마음을 애써 눌렀다.

"노을이 말처럼 원정대는 이제 시작이니까 아직 미흡한 점이 있을 거야."

마린은 창밖으로 빠르게 지나가는 풍경에 눈을 던져둔 채 생각에 잠겼다. 까만 우주 공간 속에 무수히 반짝이는 은하들, 그 모든 별을 압도할 만큼 커다랗게 떠 있는 항성 프록시마가 보였다. 항성이 뿜어내는 검붉은 빛이 인류 정착지 위에 퍼졌다. 장엄한 그 빛은 프록시마b를 1년 내내 비추고 있었다. 사람들은 그 빛을 과거 지구를 감쌌던 태양 빛과 비교하곤 했다. 마린은 궁금했다. 정말 태양계의 주인, 모든 지구 생명체의 원천 에너지인 태양은 어떤 빛일까. 태양의 모습은 홀로그램, 동영상, 각종 이미지 사료를 통해 수도 없이 보았다. 그러나 그 모든 것은 그림자일 뿐이다. 실제 태양이 뿜어내는 빛을 두 눈으로 본다면 기분이 어떨까? 프록시마 항성에서 뿜어내는 검붉은 광선에는 치명적인 방사선이 다량 함유돼 있었다. 함부로 쏘이거나 노출됐다간 목숨이 위태로운 빛이다. 마린은 그것과 생명 에너지가 가득하다는 태양 빛을 빗대는 건

어울리지 않는다고 생각했다.

프록시마b 주민들은 1년에 한 번 체내 축적된 방사능을 몸 밖으로 배출시키는 물약을 복용했다. 이 행성에 거주하는 주민이면 누구나 1년에 한 번, 건강검진센터에 들러 체내 방사능 축적 수치를 재고 그에 맞는 약을 처방받았다. 물약은 꽤나 매슥거리고 온몸을 축 늘어지게 할 정도로 약효가 셌다. 더군다나 물약을 마시고 24시간 후 화장실에서 경험하는 끔찍한 기분은 뭐라 말로 설명하기 곤란한 것이었다.

마린은 그 물약을 받아 들 때마다 태양을 떠올렸다. 방사능은 오존층이 걸러 주고 따뜻하고 영양 가득한 빛만 내리쪼인다던 해와 은혜로운 땅.

'지구를 밝혀 주는 태양은 항상 눈이 부실 정도로 환하다고 하셨는데.'

마린에게는 학습원 수업 시간, 혹은 각종 자료에서 본 태양 홀로그램보다 할머니가 자분자분 얘기해 주시던 해가 더 선명하고 친숙했다.

'꼭 한 번 보고 싶어. 실제로 비치는 태양 빛을.'

마린은 원정대 대원 모집 공고문을 보았을 때의 순간을 떠올렸다.

'파괴되기 전 지구를 탐사하자!'

그 문구 하나에 홀딱 반했던 자신이 떠올랐다. 그리고 혼자 생각에 취해 소리 내 중얼거렸다.

"부모님 말씀대로 지구는 푸른 바다와 붉은 노을이 가득한 아름다운 별일까?"

부모님은 딸의 이름을 지구의 푸른 바다를 일컫는 마린이라고 짓고 아들 이름은 노을이라고 지었다.

프록시마에서 태어나고 자란 마린과 노을에게 지구란 태양과 마찬가지로 수많은 문서 자료와 영화, 홀로그램과 가상현실 플레이 툴로 접해 본 상상의 세계였다. 마린의 부모조차 지구를 실제로 본 적은 없었다. 양가 할아버지 할머니가 번갈아 해 주시던 얘기가 전부였다. 네 분은 프록시마b로 이주한 1세대로 평생을 쉼 없이 거주지 개발에 헌신하시다 돌아가셨다. 영민하고 기억력 좋은 다섯 살 꼬마는 할머니의 옛날이야기를 외우듯 지구에 대한 말들을 머릿속에 각인시켰다. 이후 마린의 꿈속에선 방사능 오염이 되기 전의 지구가 나오곤 했다.

"가 보고 싶어. 설사 위험이 도사린다고 해도."

마린이 캄캄한 우주 공간과 그 사이사이 빛나는 별들을 보며 중얼거렸다.

라인은 조금 전 마리우스 박사를 역사복원위원회역에 내려놓았듯 마린을 승강장에 데려다 놓고 떠나 버렸다. 마린은 안내 표지판이 가리키는 대로 역사복원위원회 건물로 이어진 통로로 발길을 잡았다.

부모 동의서

"이 방으로 들어가시면 됩니다."

마린은 안내 로봇이 가리키는 방으로 들어섰다. 정면 벽이 온통 투명한 유리로 된 방이었다. 유리창 너머로 멋들어진 대회의장이 펼쳐져 있었다. 마치 운동경기를 구경할 수 있는 VIP 관람석처럼 회의장 벽면 위쪽에 자리한 방은 스무 명 남짓 앉을 수 있는 회의장을 한눈에 내려다보고 있었다. 마린은 뜻밖의 장소와 뜻밖의 광경에 놀라 우뚝 서 버렸다.

"오! 일찍 왔군. 어서 앉게."

방 한가운데 놓인 의자에 앉아 있던 마리우스 박사가 일어섰다. 마린은 박사와 눈이 마주치자 반듯하게 서서 경례를 붙였다.

"안녕하십니까, 박사님!"

박사가 마린에게 다가와 오른손을 내밀었다.

"어허, 난 군인이 아니라 과학자야. 그런 딱딱한 인사는 생략하고 악수나 하지."

마린은 얼른 박사의 손을 마주잡았다.

"자, 저 아래 대회의장에서 곧 위원회 특별회의가 시작될 거야. 자네는 이 방에서 참관하고 나서 내려오게. 모두에게 자넬 정식으로 소개할 테니."

박사는 이 말만 남기고 방을 나갔다.

마린은 유리벽 앞에 놓인 테이블에 앉았다. 테이블에서 모니터 하나가 솟아올라 왔다. 모니터에 전원이 들어오고 대회의장에서 나는 소리가 고스란히 스피커를 통해 들려왔다. 곧이어 회의장 안으로 일곱 명의 위원이 속속 들어왔다. 마리우스 박사도 어느새 내려가 회의석에 자리를 잡았다. 나머지 위원들은 모두 마리우스 박사보다 젊었다. 당연한 일이었다. 마리우스 박사처럼 오래 사는 경우는 프록시마 이주 1세대에서는 보기 드물었다. 2세대나 3세대나 돼야 볼 수 있는 모습이었다.

위원장 자리에 은발의 할머니가 앉았다. 할머니는 동그란 얼굴에 귀여운 미소를 가득 담고 있었다. 그러고 보니 할머니라고 하기엔 조금 무리가 있었다. 마린은 새하얀 머리카락 때문에 위원장님이 나이 들어 보이는 것이라고 결론지었다. 위원장은 머리 색깔이든 모양이든 좀처럼 외모를 꾸미는 데는 흥미가 없어 보였다. 자세히 보니 그 자리가 아니면 절대 그런 막중한 책임을 지는 수장으로 보이지 않을 만큼 소박한 차림이었다.

"지금부터 제 팔십구 차 역사복원위원회 특별회의를 개최하겠습니다. 오늘 이렇게 여러분을 긴급 호출하게 된 것은 바로 '짤방'이라는 사료의 복원에 성공했다는 소식을 전하기 위해섭니다."

위원장의 말에 회의장 여기저기서 오, 하는 감탄사가 터져 나왔다.

"짤방? 그게 뭐지?"

마린은 난생 처음 듣는 단어에 어리둥절했다. 그러나 마린의 궁금증은 곧 풀렸다. 회의장 테이블 한가운데로 3차원 입체 홀로그램이 떴다. 홀로그램은 흑백의 흐릿한 이미지를 사방 어느 방향에서 보건 정면으로 볼 수 있게 해 주었다. 아몬드 모양으로 생긴 테이블을 둘러싸고 앉은 위원들은 진지한 얼굴로 이미지를 주목했다.

"이것은 그동안 우리 위원회가 심혈을 기울여 복원해 낸 이미지입니다. 지구에 살았던 과거 조상들이 이런 이미지, 즉 사진이나 동영상을 짤방이라고 불렀다는 것은 모두 알고 계시지요? 현재 우리 역사복원위원회에는 수십 장의 짤방 데이터가 보존되어 있고 그중 지금 보시는 사진이 첫 번째로 완성된 자료입니다."

여기저기서 탄성이 튀어나왔다.

"드디어 성공했군요."

위원장이 고개를 끄덕이며 말을 이었다.

"첫 번째로 복원한 짤방은 우연하게도 이십 세기 한반도의 수수께끼를 풀 수 있는 단서가 될 자료입니다. 바로 헬조선의 정체를 밝힐 수 있는 기회가 주어진 것입니다."

프록시마b 역사복원위원회에서 가장 난해한 과제로 삼고 있는 지구 역사가 바로 20세기를 전후로 한 한반도의 역사였다. 복원위원회의 일원이자 수석 연구원인 마리우스 박사가 나서서 설명을 시작했다.

"우리 인류가 지구를 탈출할 때는 매우 위급한 상황이었습니다. 시간도 매우 촉박했고요. 그래서 역사 데이터를 옮기는 데 여러 가지 문제점들이 있었습니다. 물론 당시 역사학자들은 최대한 많은 자료를 가지고 오기 위해 최선을 다했습니다. 하지만 사료를 보관했던 서버가 랜섬웨어에 감염되면서 상당수의 정보가 소실됐습니다. 그중 가장 치명적인 바이러스에 감염된 파일이 바로 한반도의 이십 세기 역사, 즉 헬조선이라 불렸던 시대의 파일입니다. 이 시기의 한반도 역사는 현재 암흑 속에 잠겨 있다고 해도 과언이 아닙니다. 짤방이라 불리는 이미지 파일만이 몇 개 남아 있는 상태입니다."

"아니, 랜섬웨어라면 해커들이 악성 바이러스를 퍼트리고 그 백신을 제공하는 대가로 비트코인 등의 암호화폐를 요구하는 해적질 아니었습니까?"

"그렇지요."

"그럼 지구연합위원회 차원에서 돈을 지불하고 파일을 복원시키면 됐을 텐데요."

"물론 접촉 시도가 있었습니다. 그런데 안타깝게도 협상이 벌어지려는 때에 그들이 요구한 암호화폐를 거래하는 온라인 거래소가 또 다른 바이러스에 감염되어 폐쇄되는 바람에 암호화폐 자체가 증발돼 버렸다고 합니다."

한 위원이 한숨을 섞어 말했다.

"덩달아 해커들도 꼬리를 감추었겠군요."

다른 의원이 거들었다.

"챙길 돈이 없어졌으니 당연하죠."

마리우스 박사가 마무리 지었다.

"결국 해커들이 엉망으로 망쳐 놓은 데이터를 감염된 상태 그대로 프록시마로 옮긴 것입니다."

그리고 그 데이터 복원 작업이 수십 년에 걸쳐 진행되고 있었다.

마린은 위원들이 나누는 이야기에 입을 벌렸다. 학습원과 원정대 연수원 시절에도 들어 본 적 없는 지구의 흑역사였다.

마린이 머리를 저으며 중얼거렸다.

"조상들의 아둔한 행위가 핵전쟁과 환경 파괴만은 아니었구나."

회의장에서 질문과 대답이 이어졌다.

"역사 데이터 손상에 대한 설명 잘 들었습니다. 이십 세기 한반도 역사 기록의 훼손과 누락의 심각성에 대해서도 공감하고요. 하지만 그 부분 말고도 우리가 가져온 지구 역사 데이터에는 다양한 공백과 누락이 존재합니다. 그런데 왜 하필 헬조선입니까?"

"예. 저도 그 점을 지적하고 싶습니다. 왜 이십 세기 한반도 역사가 우리 역사복원위원회의 가장 중요한 탐구 과제가 되는 겁니까?"

위원장이 질문의 요지를 파악하겠다는 듯 머리를 끄덕이더니 나섰다.

"이십일 세기 말, 통일 한국은 국제적으로 큰 영향력을 미치는 강대국이었습니다. 동북아시아의 평화와 힘의 균형을 위해 통일 한국이 기울인 노력과 업적은 여러분도 익히 알고 계시겠지요? 중국과 일본, 러시아와 미국을 통틀어 통일 한국의 중재와 견제를 받지 않은 나라가 없었습니다. 이 동북아시아의 평화 공존 상황이 학습효과를 나타내 전 지구적인 현상으로 확산되어 이십이 세기 초까지 인류는 더없는 번영의 시대를 누렸습니다."

그다음은 따로 설명이 필요 없는 역사 전개였다. 통일 한국의 주도적인 역할로 평화와 균형을 구가하던 국제사회가 슈퍼 바이러스 감염으로 흔들린 것이다. 최첨단으로 발달한 의학 인공지능조차 슈퍼 바이러스의 변종을 예측하지 못했고 그때문에 백신 개발에 실패를 거듭했다. 바이러스 확산을 막지 못한 국가들 사이에서 내란과 국가 경영 시스템 붕괴 현상이 일어났다. 그리고 발발한 제3차 세계 핵 대전. 사리사욕 챙기기에만 급급한 범죄 조직의 농간으로 발사된 단 한 발의 핵무기가 삽시간에 지구의 멸망을 초래한 것이다.

마리우스 박사가 위원장의 말을 받았다.

"이십이 세기에 리더 국가로 굳건히 자리매김하던 통일 한국, 그런 나라가 불과 이백 년 전만 해도 헬조선이라고 불렸다는 사실이 우리 연구자들의 흥미를 불러일으킵니다. 세 개의 통치 기관, 그것도 정치 이념이 판이하게 다른 정부가 한 세기 안에 공존했다는 사실, 그리고 그 혼란을 극복하고 세계 최강국으로 탈바꿈할 수 있었던 저력이 무엇인지 알아내고자 하는 것입니다. 그럼으로써 우리 프록시마인들이 미래를 대비하는 데 좋은 본보기로 삼고자 하는 것이지요. 분명한 역사적 사실, 즉 한반도인들이 헬조선 시대를 극복하고 이십이 세기의 번영된 통일 국가를 이룩했다는 것이 우리 프록시마인들의 관심을 불러일으키는 것입니다."

한 위원이 손을 들고 물었다.

"헬조선이 시기적으로 이십 세기 한반도를 통칭하는 명칭이 분명합니까?"

마리우스 박사가 대답했다.

"예, 현재로선 그렇게 알려져 있습니다. 그런데 그 시기 백 년간의 자료가 몇 장의 짤방을 제외하고는 모두 사라졌지요. 짤방들도 파일이 깨져서 비트 단위로 흩어져 있는 것을 다시 조합해서 복원하고 있고요. 그 당시를 헬조선으로 부른다는 기록은 이후의 대한민국 역사 자료에서 확인되고는 있지만 실제 어떤 형태의 국가였는지, 그 당시의 역사적 사건과 인물에 대한 기록은 거의 남아 있지 않아서 학자들 간의 의견이 분분합니다."

위원장이 말을 받았다.

"당시 공존했던 다른 나라의 기록에 의하면 그 시기 한반도에는 대한민국과 조선민주주의인민공화국이라는 국가가 동시에 존재했다고 나와 있습니다. 거기다 총독부라는 식민 통치기관도 일정 기간 동안 존재했던 사실도 확인되고 있습니다. 한 세기라는 짧은 기간 동안 한 영토 안에서 세 개의 정부가 존재했다는 것은 인류 사적으로도 드문 예지요."

머리가 벗겨지고 매부리코가 날카로운 위원이 나섰다.

"제가 생각하기에는 대한민국과 인민공화국, 두 개의 나라가 손을 잡은 연방제 국가 형태라는 가설이 가장 현실성이 있습니다만…."

맨 끝에 앉은 의원이 발언했다.

"연방제가 가능성이 없진 않지만 일본에 의한 식민 통치는 그 이전이었을까요? 아니면 이후였을까요? 그것도 아니면 한반도 일부 지역을 일본에 분할 점령당한 걸까요? 식민 통치의 기록이 가장 난해한 문제입니다."

위원장이 기억을 더듬듯 눈가를 찌푸리며 말했다.

"세계 핵 대전 당시 일본 열도가 해수 침하로 멸망하는 바람에 그쪽 역사 데이터는 아예 한 비트도 가져오질 못했으니 알 수가 없죠."

그러자 맞은편에 앉아 있던 젊은 여성 위원이 다른 의견을 제시했다.

"헬조선은 국가가 아니라 수용소나 감옥이 아니었을까 싶은데요?"

그 말에 회의장이 술렁였다. 위원장이 나섰다.

"조용! 조용! 위원께서는 왜 그렇게 생각하시는지 근거를 말씀해 주시죠."

여성 위원이 대답했다.

"현재까지 복원해 낸 빅데이터를 분석한 결과 '헬조선'이란 단어는 총 사천이백십일 회 등장합니다. 그중 삼천구백일 회에 걸쳐 '탈출'이란 단어가 뒤따라 언급되고요. 제가 추론하는 수용소 혹은 감옥 이론은 바로 이런 기록 때문입니다."

그 말에 여태껏 잠자고 듣기만 하던 검은 피부의 위원이 손을 들었다.

"그렇다면 혹시 헬조선이 식민지 조선과 대한민국 그리고 조선민주주의인민공화국에서 죄를 지은 사람들을 격리하는 특별한 수용소가 아니었을까요?"

위원들의 토의는 끝도 없이 이어졌다. 한 사람이 이런 주장을 내면 다른 이가 저런 반박을 했다. 무엇보다 '헬조선'이란 명칭이 풍기는 암울한 기운이 모두를 고뇌케 했다. 마린은 한눈 한번 팔지 않고 모니터에 집중했다. 화면을 통해 생중계되는 회의 장면은 보고 있으면 있을수록 가슴이 답답해졌다. 시간이 지날수록 난상 토론으로 번지는 상황을 정리한 건 역시 위원장이었다.

"자, 자, 여러분! 이 정도에서 마리우스 박사님의 원정대 파견 계획에 대해 듣도록 합시다."

위원장 말 한마디에 회의장이 조용해졌다.

마리우스 박사가 일어섰다.

"오늘 처음 이 자리에서 발표하겠습니다. 그동안 프록시마b 행정부와 역사복원위원회의 협력으로 추진됐던 타임머신 프로젝트가 완료됐습니다."

그 말에 위원들 모두가 와아, 하는 탄성과 함께 박수를 쳤다.

매부리코 위원이 벌떡 일어나 마리우스 박사에게 와서 악수를 청했다.

"시간 이동과 공간 이동을 동시다발적으로 이행하는 기술이라니! 놀랍습니다!"

"결국 해내셨군요! 박사님!"

다른 위원들도 연이어 박사에게 와서 악수를 청했다.

"감사합니다, 여러분. 그리고 타임머신을 타고 헬조선을 탐사하러 떠날 원정대원 역시 선발됐습니다. 오늘 이 자리에서 여러분께 소개해 드리겠습니다."

마리우스 박사는 회의장 위쪽을 바라보며 외쳤다.

"정마린 대원! 안내 로봇을 따라 회의장으로 내려오세요."

그 말을 신호로 방문이 열리며 깔끔한 안내원 복장을 한 안드로이드가 들어왔다. 마린은 상기된 표정으로 일어섰다.

"이쪽으로 오시죠. 안내하겠습니다."

마린이 로봇을 따라 대회의장으로 들어섰다.

위원들은 마린을 보자 환한 웃음을 거두고 의아한 표정을 지었다. 그리고 앞다퉈 한마디씩 했다.

"아니, 어른이 아니잖아?"

"아직 청소년 같은데요?"

"그런 막중한 임무를 이런 애한테 맡긴단 말씀입니까?"

"아무리 프록시마b의 인류 역사가 청소년들에 의해 시작됐다고 하지만 원정대까지 아이라뇨."

회의장이 또다시 술렁였다. 마리우스 박사가 양손을 들어 제지했다.

"모두 진정하시고 제 설명을 들어 주십시오. 현재로서는 타임머신의 특성상 스무 살 미만의 청소년만이 기계에 탑승할 수 있습니다."

그 말에 또 한 번 회의장이 들썩였다.

"그게 무슨 뜻입니까?"

"제작에 성공했다면서요? 그런데 나이 제한이라니…."

마리우스 박사가 낮고 담담한 목소리로 좌중을 진정시켰다.

"물론 타임머신은 까다로운 안전실험을 통과했습니다. 하지만 타임 패러독스 현상이 어떻게 일어날지는 실제로 과거 여행을 다녀온 사람을 통해서만 확인할 수 있습니다. 그래서 누구든 타임머신을 타고 과거로 갈 경우, 그곳에서 일주일 이상 체류할 수 없습니다. 만약 그랬다가는 해당 시간대로 간 사람의 기억회로에 오류가 나서 임무를 망각하거나 현재의 기억을 잃을 위험이 있기 때문입니다. 따라서 일주일 내에 임무를 마치고 올 수 있는 능력을 가지면서도 타임 패러독스에 상대적으로 자유로운 연령대를 선발하게 된 것입니다. 인간의 기억력은 이십 세 미만의 청소년기에 가장 활성화되기 때문입니다. 물론 지금까지 설명한 위험한 상황이 일어날 확률은 일천 분의 일 정도의 수준이지만 그래도 간과할 수 없기에 이렇게 정하게 된 것입니다."

피부가 검은 위원이 손을 들고 나섰다.

"그런 위험 요소가 제거되지 않은 상태에서 원정대를 파견한다는 건 안전상의 문제도 문제지만 인권침해의 소지가 있는데요. 더욱이 대원은 아직 미성년 아닙니까? 부모님의 동의는 얻은 겁니까?"

마린은 '부모님의 동의'라는 말에 가슴 한구석이 서늘해졌다.

마리우스 박사가 대답했다.

"현재까지 원정대 대원으로 선발된 인원은 여기 이 정마린 대원 한 사람입니다. 앞으로 원정대 활동이 확장되는 대로 대원을 더 증원할 계획입니다. 그때는 물론 법적 보호자들께 동의서를 받을 계획입니다. 여러분 앞에 있는 마린 대원은 타임머신과 원정 탐사의 위험성을 충분히 숙지하고도 자원한 용감한 대원입니다. 아직 미성년이라고 해서 마냥 철부지로만 보지 말아 주십시오."

검은 피부 의원이 콕 찍어 다시 물었다.

"부모님 동의는요?"

마린이 나서서 대답했다.

"제 부모님은 현재 실종 상태입니다. 동의서에 서명을 해 주실 부모님이 지금은 없습니다."

마리우스 박사가 덧붙여 설명했다.

"여러분 모두 정마린 대원의 부모님을 아실 겁니다. 제 삼 지구 탐사선의 선장 정대양 대위와 일등항해사 고아라 소령이 그분들입니다."

박사의 설명에 회의장이 물 끼얹은 듯 조용해졌다. 아니, 조용하다기보다는 엄숙해졌다. 이주민들은 만에 하나 프록시마b의 정착이 실패로 돌아갈 경우를 대비해야 했다. 그리하여 또 다른 정착지를 찾아 무한한 위험을 무릅쓰고 출항한 탐사선, 제3지구탐사선, 그 우주선을 책임졌던 정대양 선장과 고아라 항해사는 프록시마인들이라면 누구나 마음속의 빛으로 남은 이들이었다. 항해 중 웜홀로 빨려 들어가 시공간의 왜곡 저편 어딘가로 실종돼 버린 탐사선을 잊은 프록시마인은 한 사람도 없었다. 그런데 안타까운 영웅 부부의 딸이 헬조선 원정대의 대원으로 타임 슬립을 할 준비를 마쳤다니, 모두 그저 숙연할 뿐이었다.

검은 피부 위원이 안타까운 목소리로 다시 질문했다.

"혹시 법정 대리인이라도 없나요? 친척이나 후견인 말이에요."

마린이 짧게 대답했다.

"아무도 없습니다. 남동생과 저, 둘뿐입니다."

순간 검은 피부 위원의 입이 꾹 다물어졌다. 다른 위원들 역시 하나둘씩 고개를 끄덕이기 시작했다. 마리우스 박사가 슬쩍 위원장을 쳐다보았다.

박사와 눈이 마주친 위원장이 말했다.

"선발된 원정대원은 '짤방'에 찍힌 시대로 타임 슬립을 해서 역사적 사건과 인물을 확인하고 그것을 증명할 물품을 가지고 귀환하는 임무를 맡게 됩니다. 비록 짤방 복원이 어젯밤에야 완료돼서 모두가 처음으로 보는 이미지입니다만, 마린 대원! 여기 모이신 위원들은 평생을 바쳐 지구 인류사를 연구하시는 석학들입니다. 그런 분들이 제군에게 큰 부탁을 드리게 됐습니다. 위험을 무릅쓰고 원정 탐사에 나서기로 각오한 제군의 의지를 높이 사며 저 또한 부탁드리겠습니다. 헬조선의 정체를 밝혀 주십시오. 그리하여 오만한 인류가 망쳐 버린 지구에 대한 기억을 다시 복원해 주십시오."

위원장은 자리에서 일어나 마린을 향해 살짝 고개를 숙였다. 나머지 위원들 역시 위원장을 따라 고개를 숙였다. 마린은 반듯한 거수경례로 인사를 받았다.

케이스타와 구닥다리 시계

위원장이 마무리 발언을 했다.

"그럼 오늘 회의는 이것으로 마치겠습니다. 원정대의 출정식은 따로 갖지 않습니다. 첫 번째 원정 탐사가 무사히 완료되면 그때 매스컴에 공개하기로 행정부와 협약이 돼 있습니다. 내일 원정대 본부에서 첫 번째 탐사 대상인 짤방에 대한 연구토의가 있을 예정입니다. 담당 학자 세 분은 시간에 맞추어 그리로 출근하시면 되겠습니다. 모두 수고하셨습니다."

위원장이 손을 들어 모니터 화면에 가져다 대었다. 지금까지 진행된 회의기록 확인을 위한 인증 절차였다.

마리우스 박사가 마린을 향해 말했다.

"자, 우리는 원정대 본부에 가 볼까?"

마린은 박사를 따라 복도로 나왔다. 마리우스 박사는 마린과 함께 복도 끝 작은 문으로 들어갔다. 문은 라인 역과 똑같이 생겼지만 행선지나 역 이름이 쓰여 있지 않은 승강장으로 이어져 있었다.
마린은 기다리고 있던 자기부상열차에 올라탔다. 문이 닫히고 열
차가 서서히 속도를 높이면서 행성 지표면으로 나왔다. 열차는 소
리도 없이 매끄럽게 나아갔다. 얼마 즈음 갔을까? 창가에 서서 바
깥을 구경하던 마린이 소리쳤다.

"와! 저게 뭐지?"

하늘을 향해 뿔처럼 솟은 은색의 구조물이 눈앞에 가득 찼다.

마린은 신기하기만 했다. 지금껏 라인을 타고 다니며 한 번도
보지 못한 건물이었다. 그런데 저렇게 큰 건물이 어떻게 눈에 띄지
않았을까, 의구심도 들었다.

마린이 박사를 곁눈질하며 조심스럽게 말했다.

"초대형 자기장 발생 장치 같은데?"

마린이 중얼거리는 사이 열차가 뿔 안으로 빨려 들어갔다. 마리
우스 박사를 따라 열차에서 내린 마린은 건물 안으로 들어섰다. 뿔
모양의 건물 안은 텅 빈 듯 깨끗하고 넓었다. 인기척도 없었다. 대
신 연구용 고성능 안드로이드들이 벽을 따라 이어진 복잡하고 현
란한 기계들 앞에 서서 근무 중이었다.

마리우스 박사는 마린을 데리고 로비 뒤쪽에 있는 방으로 들어
갔다. 방 안의 센서가 작동하면서 불이 켜졌다. 군대 사열식처럼
마린의 발걸음에 맞추어 차례로 켜졌다.

"우와!"

밖에서 짐작한 것보다 훨씬 넓은 공간에 마린이 낮은 탄성을 내뱉었다.

넓은 방 한가운데에는 대형 기계장치가 이 방의 주인인 양 버티고 서 있었다. 멀리서 바라본 이 건물의 외형과 비슷한 모습을 하고 있었다. 얽히고설킨 전선과 유리관에 둘러싸인 기계에서 우-웅 하는 소리가 났다. 소리와 함께 자기장과 고압 전류에서 방출되는 압력이 느껴졌다. 전류가 흐르는 소리에다 몸으로 느껴지는 기압이 위압감을 자아냈다.

마린이 말했다.

"꼭 뿔에 끼워 놓은 도넛처럼 생겼어요."

마리우스 박사가 뿌듯한 얼굴로 기계를 올려다보며 말했다.

"이 녀석은 내가 여덟 살 때부터 연구해 온 초전도 핵융합장치 케이스타(K-Star)다. 플라스마 에너지를 이용해서 전력을 생산하는 발전기인데 실험 중 다른 용도를 발견했지."

마린이 감탄 어린 소리로 중얼거렸다.

"그럼 이 기계가 타임머신이란 말씀이군요."

박사가 마린을 향해 엄지손가락을 척 올렸다.

"역시 최고 점수로 합격한 대원답군. 맞다. 바로 이 케이스타가 원정대의 타임머신이다."

마린은 놀랍기 그지없는 눈빛으로 기계를 올려다보았다.

"이리 와 봐라. 실험 하나 하자."

조수 안드로이드가 박사와 마린에게 보호안경을 건네주었다. 마린은 보호안경을 받아 꼈다. 박사는 케이스타 옆구리에 달린 둥근 운전대를 돌려서 기계와 연결된 파이프의 뚜껑을 열었다. 그리고 박사의 실험 가운 윗주머니에 있던 볼펜을 파이프 안에 놓았다. 케이스타의 몸통에는 작은 창들이 달려 있었다. 덕분에 내부에서 일어나는 일을 고스란히 들여다볼 수 있었다. 마린은 창에 달라붙었다.

"잘 살펴보거라. 무슨 변화가 있는 지."

박사가 조수 안드로이드를 향해 고개를 끄덕이자 안드로이드가 레버를 올렸다. 동시에 케이스타가 지-잉 소리를 내며 바르르 떨렸다.

"어! 볼펜이 조금씩 떠올라요."

"내부의 플라스마 에너지에 의해 자기장이 형성되면서 일종의 무중력 상태가 되는 거다. 자, 한 걸음만 물러서자."

마린이 물러서자 박사가 파이프 옆에 달린 단추를 눌렀다. 위-잉 하는 소리와 함께 볼펜이 움직였다.

"내부에서 전기와 이온이 충돌하면서 발생하는 현상이야. 원래는 이때 발생한 전기에너지를 얻기 위해 만들어진 기계지. 그런데…."

그때, 마린이 소리쳤다.

"볼펜이 없어졌어요!"

마린의 말대로 파이프 안은 텅 비어 있었다.

"케이스타 안에 있던 플라스마 에너지가 어디론가 보내 버린 거지."

"어디로 보낸 건데요?"

"과거다. 타임 테이블을 세팅하지 않았으니까 하루 전일지 백 년 전일지는 알 수 없다만."

박사의 설명에 마린이 하, 하고 탄식을 내뱉었다. 경이로움이 가득한 탄성이었다.

박사는 마린을 데리고 케이스타의 반대편으로 돌아갔다. 거기엔 케이스타와 복잡한 전선으로 이어진 동그란 발 받침대가 놓여 있었다. 흡사 서커스단에서 사자 쇼를 보여 줄 때 사자가 올라가 앉는 원통처럼 생긴 물건이었다. 박사가 그것을 가리키며 말했다.

"센딩팟이라고 부르는 장치다. 사람을 무사히 옮겨 주는 이 이동판 제작에만 이십 년이 넘게 걸렸다. 이 장치의 완성으로 원정대의 출범이 가능했고 말이다."

마린은 자신이 무슨 임무를 수행할 것이라는 설명을 충분히 듣고 입대를 결정했다. 하지만 막상 눈앞에서 볼펜이 흔적도 없이 사라지자 어쩔 수 없는 긴장감이 온몸을 파고들었다.

마린이 물었다.

"갈 때는 이 장치에 올라가지만 과거에서 돌아 올 때는 어떤 기계를 이용해요?"

"좋은 질문이다. 자, 이걸 받게."

박사의 말이 끝나자 조수 안드로이드가 단단한 납 상자 하나를 들고 나왔다. 상자를 열자 그 안에 은색으로 생긴 단순한 모양의 시계가 들어 있었다. 동그란 은색 판 위에 작은바늘과 큰바늘이 아라비아 숫자를 가리키고 있는 자그마한 손목시계였다.

박사는 시계 뒤편에 새겨진 철자를 읽었다.

"정마린. 헬조선 원정대 제 일 대 대원."

제 이름이 불린 마린이 시계를 받아 들었다. 마린은 역사 자료관에서나 보았음직한 구식 모양의 시계를 이리저리 뒤집어 보며 어쩔 줄 몰라 했다. 아무리 봐도 최첨단 타임 슬립 성능을 갖춘 기계로 보이지 않았다.

"이렇게 왼쪽 팔목에 차는 거다."

박사가 시범을 보이듯 마린의 팔목에 시계를 채워 주었다. 마린은 팔을 내밀고 있으면서도 미덥지 못하다는 듯 찡그린 인상을 풀지 못했다.

"외형이 어느 시대 모델이에요? 아주 구식인 거 같은데요."

"십구 세기 말부터 이십일 세기 초까지 광범위하게 유통됐던 시계 모양이다."

박사가 대답했다.

"하긴 그 시대로 가니까 시대에 맞는 디자인으로 준비하는 게 맞겠네요."

마린이 고개를 주억거리다 문득 생각나는지 물었다.

"근데 박사님, 제가 다시 현재로 돌아올 때 쓸 타임머신 기계가 설마 이건 아니겠죠?"

마리우스 박사가 눈썹을 개구지게 찡긋했다.

"왜 아니야. 이 시계가 바로 헬조선으로 착용하고 가서 다시 돌아올 때 쓸 휴대용 케이스타다."

마린이 뭐라 대답할 말을 못 찾고 우물우물했다. 얼굴엔 못 믿겠다는 표정이 한가득이었다.

"안심하게. 보기에는 작고 단순한 골동품으로 보이지만 기능은 현 인류 최고의 과학 기술이 응축되어 탑재된 기계다."

박사가 시계 숫자판 옆구리에 달린 작은 단추를 꾹 눌렀다. 그러자 숫자판이 사라지고 그 안에 복잡한 계기판이 떴다.

"한 번 더 누르면 삼차원 입체 홀로그램이 나오지만 이건 웬만하면 사용을 추천하지 않는다. 이십 세기에는 아직 이런 과학 기술이 상용화되지 않았거든."

마린은 익숙한 기계 불빛이 눈앞에 떠오르자 살짝 안심했다.

"현재와 과거 사이의 통신이 가능하고, 과거로 가서 작성할 보고서를 전송할 매체이기도 하지."

그때까지 박사 뒤에 조용히 서 있던 조수 안드로이드가 말문을 열었다.

"이 많은 기능을 저 작은 기계 안에 삽입할 수 있는 기술은 우리 프록시마 과학계에서 마리우스 박사님이 유일하십니다."

박사는 시키지도 않는 말을 한 안드로이드를 당황스러운 표정으로 돌아봤다. 안드로이드가 싱긋 웃으며 어깨를 들썩였다.

"또한 마찬가지로 공간 이동과 시간 이동이 동시에 가능한 프로그램 역시 박사님이 아니면 상상이 불가능한 기술입니다. 대원께선 지금 현존하는 최고의 과학자 앞에 서 계신 겁니다."

박사가 안드로이드에게 손을 내저으며 말했다.

"이봐. 레몬티! 그만하고 자기소개나 하지 그러나. 앞으로 마린과 긴밀히 협력할 사이 아닌가."

레몬티는 기다렸다는 듯 앞으로 나서며 오른손을 살짝 들었다.

"옛! 인사드리겠습니다. 저는 박사님의 사무용 비서이자 연구 조수 레몬티라고 합니다. 레몬티라는 제 이름이 좀 재미있지요? 그건 박사님이 하루에도 다섯 잔씩 마시는 음료의 이름에서 따온 겁니다."

레몬티는 마리우스 박사의 표정과 목소리를 흉내 내며 생글생글 웃었다. 그 모습에 마린이 긴장이 풀리는 웃음을 터트렸다.

"레몬티! 아무래도 자네 일일 개그 총량을 좀 낮춰야겠어."

"그렇게 하면 심심하실 분은 박사님이 되실 텐데요."

레몬티가 한 마디도 지지 않자 박사는 머리를 흔들었다. 마린은 레몬티에게 다가가 악수를 나누었다.

"잘 부탁해요 레몬티!"

"저야말로 잘 부탁드리겠습니다."

"자, 오늘은 이 정도로 마무리하고 내일 보세. 첫날부터 고생이 많았다."

마리우스 박사는 마린을 듬직한 눈빛으로 바라봤다. 그러고 보니 어느새 퇴근 시간이 가까워져 있었다.

"그럼 내일 뵙겠습니다!"

마린은 거수경례로 퇴근 인사를 했다.

집으로 향하는 라인은 소리도 없이 탄소유리 튜브 속을 미끄러졌다. 마린은 한껏 지친 표정으로 멍하니 앞만 바라보고 있었다.

"첫 출근치고는 꽤나 빡빡한 일정이었어."

혼자 중얼거리던 마린이 제복 안주머니에서 사진 한 장을 꺼내 들었다. 이 사진은 특별히 종이 재료를 사용해 만든 자료였다. 마린이 타임 슬립을 한 후, 과거 시대로 가 들고 다녀도 의심받지 않을 수 있도록 특수 제작된 것이었다. 이 별에서 종이만큼 귀한 재화도 드물기 때문에 이 사진은 정말 진귀한 것이었다. 마린은 손바닥만 한 사진을 뚫어져라 바라봤다.

"이곳이 나의 첫 원정 탐사지라 이거군."

종이에는 흐릿한 사진 한 장이 흑백으로 인쇄돼 있었다. 사진 속에는 건물 지붕으로 보이는 검은 기와 위에 한 여자가 웅크리고 앉아 있었다. 여자는 남루한 치마저고리에 쪽을 진 채 두 팔로 무릎을 그러안았다. 해상도가 낮아 뭉개진 화면이지만 그녀의 지치고 어두운 표정을 알아보기란 그리 어려운 일이 아니었다. 용마루에 기대앉은 여자는 작은 보따리처럼 가볍고 연약해 보였다.

기와지붕 처마 끝에 달린 커다란 나무판에 한자로 '乙密臺'라고 새겨져 있었다. 그리고 사진 아랫부분에 여자를 구경하는 사람 둘이 보였다. 한 명은 중절모를 쓴 신사처럼 보였다. 무언가를 끼적이는지 고개를 숙이고 있었다. 신문기자인가 싶었다. 신사 앞에는 학생모를 쓴 남자가 카메라 이쪽을 보고 선 채였다. 두 눈이 놀라움과 호기심으로 가득해 번들거리고 있었다.

"을. 밀. 대라고 읽는다고 했지? 도대체 이게 무슨 사진이지?"

들여다보면 들여다볼수록 알쏭달쏭한 그림이었다.

"하긴 이렇게 봐서 파악되는 상황이라면 나 같은 원정대원은 필요도 없겠지."

마린은 마리우스 박사와 나누었던 대화를 되새겼다.

"첫 파견 임무는 여러 가지 위험과 돌발 상황이 예견되는 만큼 자네한테 기대와 염려가 크네. 부디 임무를 완수해 헬조선 원정대 프로젝트에 힘을 실어 주게나."

마린은 박사의 부담스러운 격려보다는 사진 속 여자의 사연이 더 궁금했다.

"내일 복원회 위원님들이 오신다고 했으니 물어보면 힌트를 얻을 수 있겠지."

마린은 사진을 도로 주머니에 넣고 눈을 감았다. 등받이에 기댄 채 긴 한숨을 내쉬는 마린 뒤로 프록시마 항성의 거대한 구체가 검붉은 빛을 내뿜고 있었다.

3대 원칙

다음 날 아침, 마린이 본부로 출근하자 레몬티가 반갑게 맞이했다.

"지난밤 안녕히 주무셨는지요? 지금 회의실에서 모두 기다리고 계십니다."

"모두라고요? 그럼 제가 지각을 한 건가요?"

레몬티가 상냥하게 웃었다.

"아닙니다. 박사님을 비롯한 위원들께서 일찍 도착하신 겁니다. 모두 항상 삼십 분 이상 먼저 출근하십니다."

마린은 역사복원위원회 위원들의 열성과 충실함에 깊은 감명을 받았다. 그런 만큼 자신의 어깨에 걸린 사명 또한 무게감 있게 느껴졌다.

마린은 긴장의 한숨을 살짝 내쉬며 레몬티를 따라갔다.

마린이 회의실에 들어서니 토론이 한창이었다. 벽면에 설치된

스크린에는 마린의 제복 주머니에 든 사진이 크게 비치고 있었다.
마린은 진지한 회의를 방해하지 않도록 조용히 거수경례만 한 후
자리에 앉았다.

마리우스 박사가 한창 발언 중이었다.

"제가 보기에는 무슨 구경을 하고 있는 거 같은데요."

검은 피부의 위원이 턱을 쓰다듬다 레몬티를 향해 손짓을 했다.
레몬티가 조정 단추를 누르자 화면이 바뀌었다.

을밀대

지정번호: 조선민주주의인민공화국 국보 문화유물 제19호

소재지: 평양시 중구역 경산동 금수산(모란봉)

건축 시대: 고구려, 1714년 숙종 40년에 중건.

종류: 성곽 유적

크기: 높이 11미터, 정면 3칸, 측면 2칸

위원이 을밀대에 관한 정보 화면을 보며 말을 이었다.

"보시다시피 저 을밀대라는 건물은 평양이라는 도시에 있었습
니다. 한반도 역사에서 중요한 위치를 차지하는 도시 중 하나가 평
양이지요. 제가 조사한 바에 의하면 저곳은 평양 시민이 자랑하는
명승지로 꼽힙니다. 주변 풍경이 빼어나고 위치가 좋아 조선시대
부터 널리 알려졌습니다. 그런 유적지 지붕 위에 올라앉았다니요. 유

적지나 명승지라면 보호 관리인이 분명 있었을 텐데요. 어떻게 저런 짓을 하도록 내버려 두었겠습니까? 저곳은 을밀대 유적이 아닙니다. 을밀대를 흉내 낸 놀이시설이나 체험관 같은 곳 아닐까요?"

긴 머리의 여성 위원이 대답했다.

"하지만 복원위원회 지정학 연구팀에서 저 지붕이 을밀대 누각의 기와지붕이라는 것은 분명히 밝혀냈습니다. 논란의 여지는 없습니다."

매부리코 위원이 말을 받았다.

"조선시대 그림만 보더라도 큰 구경거리가 있으면 주변 집 지붕이나 담장에 걸터앉아 구경을 하는 사람들의 모습이 나옵니다. 그러니까 저 사진이 찍힐 당시 평양에 무슨 큰 행사가 있었던 게 아닐까 추측이 됩니다만."

검은 피부 위원이 다른 의견을 냈다.

"혹시 지붕을 수리하러 올라갔다가 쉬는 시간이라서 앉아 있는 게 아닐까요?"

그 말에 여성 위원이 손뼉을 쳤다.

"아! 그럴 수도 있겠네요. 그렇지 않아도 저 여인의 표정이 불만에 가득 차 보이는데, 늦은 점심 도시락을 기다리는 중일지도 모르겠군요."

여성 위원은 자신의 풍부한 역사적 상식을 자랑하듯 말꼬리를 올렸다.

매부리코 위원이 팔짱을 끼며 말했다.

"불만에 찬 표정이라…. 조선시대부터 귀하게 여긴 명승지인데 수리공이라고 해도 함부로 지붕 위에서 쉰다는 게 이치에 맞지 않습니다."

여성 위원의 환하던 얼굴이 금세 굳었다.

"하긴 유적지 위에서 도시락을 까먹는다는 게 좀 말이 안 되긴 하네요."

매부리코 위원이 우와, 하며 큰소리로 말했다.

"도시락을 까먹는다, 라는 고풍적인 어휘를 구사할 줄 아시다니, 역시 위원님의 박학다식함에는 찬사를 보낼 수밖에 없습니다."

그러면서 오른손을 가슴에 대고 살짝 허리를 굽혔다.

"어려운 고어(古語)도 아닌데요, 뭘."

여성 위원이 별것 아니라는 듯 손을 내저었다.

"잠깐만요!"

여태껏 가만히 듣기만 하던 마리우스 박사가 손을 들고 나섰다.

"만약에 기와공이 일하는 도중에 점심을 기다리는 것이라면 저 아래 구경꾼들은 어떻게 설명이 될까요? 또 이 사진이 찍힌 연유 역시 설명이 안 됩니다. 기와지붕을 고치러 올라간 노동자가 점심을 기다리는 모습이 무슨 사건이 된다고 사진으로까지 기록을 남겼겠습니까? 그리고 가장 중요한 건 사진 속 인물이 여성이라는 점입니다. 여성이 전문 직업인으로 사회적 지위를 얻기 시작한 건 이십 세기 말이나 돼서 일어나는 현상입니다."

마리우스 박사의 예리한 지적에 모두 고개를 끄덕였다.

여성 위원이 골똘히 사진을 쳐다보며 말했다.

"이건 어떻습니까? 말씀하신 대로 조선시대 말까지 여성은 아예 정식으로 직업을 가질 수 없었습니다. 간혹 춤과 노래, 악기를 다루는 예능인은 존재했습니다만 이들은 직업인으로서 대접받기보다는 천민이라는 신분의 굴레에서 온갖 차별과 멸시를 받았지요. 그래서 말인데요. 짤방 속 저 여인은 기와공 혹은 건물 수리인으로서 조선 최초의 여성 기능 직업인이 아니었을까요? 그렇다면 충분히 기록에 남길 만한 사건이 아니겠습니까."

검은 피부 위원이 사진을 뚫어져라 살피다가 고개를 저었다.

"조선 최초의 여성 기능인이라…. 그런데 복장이 너무 평범하지 않나요? 저 치마저고리는 조선시대 평민 여성들이 흔히 착용하던 일상복입니다. 지붕을 수리하러 올라갔다면 하다못해 연장이라도 곁에 있어야 하는데 저렇게 달랑 혼자 앉아 있는 모습이 영…. 아무래도 우리 추측이 어긋난 것 같습니다."

그러자 다시 여성 위원이 탐정같이 눈을 반짝였다.

"혹시 남자친구를 기다리는 것이 아닐까요? 아님 남편이든."

뜬금없는 의견이었지만 호기심을 자극하기엔 충분한 추리였다. 그러나 매부리코 위원은 콧방귀를 뀌었다.

"아니, 집 놔두고 왜 관광지 지붕에 올라가 남자를 기다립니까? 미친 여자도 아닐 테고."

여성 위원이 말꼬리를 가로챘다.

"바로 그겁니다. 아무리 봐도 저 여인 이상하지 않습니까? 아무런 보호 장비도 갖추지 않은 채 치마저고리만 입고 지붕 위에 올라가 있다니요. 이 짤방도 '세상 속 요지경', '세상만사 이모저모' 등의 신문 기사 사회면 가십 거리로 쓰인 자료 사진 파일에 들어 있었습니다. 그렇다면 말이죠. 이런 추측도 가능하지 않을까요? 헤어진 애인, 집 나간 남편을 기다리고 기다리다 정신착란으로 이상행동을 보인 여자, 기어이 을밀대 지붕 위로 올라가다. 망부석이 된 여자. 그래서 사람들의 구경거리가 된 거고요. 다른 짤방도 마찬가지지만 이 짤방도 후일담에 대한 사료를 찾을 수가 없었습니다. 한마디로 단발성 해프닝이라는 거죠."

여성 위원은 똑떨어지는 말투로 결론을 지었다. 마리우스와 나머지 위원들이 꿀 먹은 벙어리처럼 멍하니 있었다. 헬조선 최초의 여성 기능공이었다가 미쳐 버린 실연녀로 전락한 지붕 위의 여자가 처량해 보이는 순간이었다.

마린이 자기도 모르게 중얼거렸다.

"미쳤다기보다는 절실해 보이는데요."

그 말에 좌중이 꿈에서 깬 듯 눈을 깜빡이며 마린을 쳐다봤다.

"미쳐도 절실할 수는 있죠."

여성 위원이 톡 치고 나왔다.

매부리코 위원이 입을 열었다.

"미쳤든 안 미쳤든 이건 분명 의미 있는 사건일 겁니다. 당 시대를 비춰 줄 거울로 말이에요."

박사가 덧붙였다.

"짤방이 복원돼야 그 생성 데이터 시간을 분석해 연대를 측정할 수 있고, 그래야 정확한 연도로 원정대를 보낼 수 있습니다. 이 짤방은 그런 의미에서 큰 가치가 있는 자료입니다. 첫 번째로 복원됐다면 그건 단순한 우연만은 아닐 거예요."

그 말에 여성 위원이 살짝 웃었다.

"프록시마 최고 물리학자의 말씀에 우연이라는 비과학적인 단어가 섞이다니 꽤나 아이러니한데요."

박사가 어깨를 으쓱했다.

"프록시마b의 발견도 제이의 지구를 찾기 위한 인류의 열망이 만들어 낸 우연이었습니다."

박사의 말에 모두가 고개를 끄덕였다.

마린이 일어섰다.

"제가 가서 알아보겠습니다. 저 사람이 왜 저기 올라가 있는지."

매부리코 위원과 검은 피부 위원이 거들고 나섰다.

"맞습니다. 무슨 일이 있었는지는 그때로 가 보면 정확히 알 수 있을 겁니다."

"그러자고 원정대가 있는 거 아닙니까."

마린과 마리우스 박사가 서로를 쳐다보며 다짐의 눈빛을 나눴다.

이렇게 해서 회의가 끝났다.

박사가 마린을 보며 정색을 했다.

"이제부터 헬조선 원정대의 첫 파견 임무를 지시하겠다. 마린 대원! 이미 숙지한 내용이지만 다시 한 번 알린다. 원정대의 삼대 원칙을 꼭 기억하도록! 첫 번째, 역사 불간섭 원칙이다. 이미 벌어진 역사적 사실을 변화시킬 수 있는 물리적 개입은 절대 허용하지 않는다. 우리의 임무는 과거 사실에 대한 탐사에 있을 뿐이다. 둘째, 원정대 신분의 비밀 엄수 원칙이다. 과거 여행에서 어떠한 일이 있어도 우리 원정대의 신분이 탄로 나서는 안 된다. 셋째, 반드시 귀환한다. 비록 임무를 완수하지 못하더라도 신변의 위험이나 첫 번째와 두 번째 원칙을 지킬 수 없을 때에는 즉시 타임 슬립을 통해 본대로 귀환한다. 이건 부연 설명이 필요 없겠지."

역사 불간섭, 신분 비밀 엄수, 필수 귀환…. 마린은 다시 한 번 마음속으로 다짐했다.

"그리고 이건 원정대 필수 임무일세. 증거 물품 수거! 탐사를 마친 대원은 짤방의 역사를 증거할 유물을 꼭 하나 가지고 와야 하네."

박사는 '헬조선 박물관'을 건립할 계획을 밝혔다.

"박물관은 역사복원위원회 건물 안에 세워질 예정이네. 그곳에 원정대가 수거해 올 역사 유물을 전시할 계획이고. 박물관은 자라

나는 후대에게 지구의 역사를 생생하게 알려 주게 될 거야. 홀로그램이나 모형이 아닌 진짜 물건들로 말일세."

이야기를 마친 박사가 마린을 데리고 타임머신 방으로 들어갔다.

케이스타 앞에 선 마린은 온몸에 소름이 돋았다. 이제 남은 일은 저 기계 위에 올라서서 20세기 어느 날로 타임 슬립을 하는 것뿐이다. 마린은 레몬티가 준비해 준 옷으로 갈아입었다. 크림색 바탕에 작은 물방울무늬가 수놓인 원피스였다. 1930년대에 전 세계적으로 유행한 디자인이라고 했다.

"겉으로 봐선 평범한 옷이지만 최첨단 기능의 방어복입니다. 더위와 추위, 각종 바이러스 감염에서 대원을 지켜 줄 것입니다. 또한 물리적 충격이나 타임 슬립 때 생성되는 자기장 등의 유해한 물질 또한 막아 줍니다. 그리고 이 핀을 머리에 착용하세요."

레몬티가 마린에게 작은 머리핀 하나를 건네주었다. 검은 철사로 된 실핀이었다. 한끝에는 작은 꽃모양의 장식이 달려 있었다. 이것 또한 평범하기 그지없이 생겼지만 그 안에는 수신기와 인공지능 칩이 내장돼 있었다. 마린이 오른쪽 귀 바로 윗머리에 핀을 꽂았다.

"머리핀 끝에 있는 꽃 장식을 눌러 보세요."

마린이 레몬티가 시키는 대로 꽃 장식을 눌렀다.

"카이입니다. 부르셨습니까?"

마린이 깜짝 놀라 박사를 쳐다봤다.

"대원의 편의를 위해 홈봇 카이를 연결해 두었네. 카이는 여기 원정대 본부 제어 컴퓨터와 연결돼 있고. 탐사를 가서 부딪치는 여러 상황에 대한 정보 요청에 카이가 답해 줄 걸세. 기왕이면 낯익은 친구가 곁에 있는 게 나을 거 같아서."

마린은 익숙한 카이의 목소리를 듣자 한결 마음이 놓였다. 그리고 이렇듯 세심한 배려를 준비해 놓은 박사의 마음 씀씀이에도 고마움이 일었다.

박사는 마린의 손목시계를 가리켰다.

"시계는 원래 단 두 번의 타임 슬립만을 할 수 있도록 설계됐네. 탐사를 떠나고 돌아올 때. 그 이상은 과부하가 날 확률이 있기 때문이지. 다만 이번 탐사 여행은 첫 실험이나 마찬가지라 한 번 더 타임 슬립을 할 수 있도록 조치했어. 아주 긴급한 상황에서 쓸 수 있도록 말일세."

하늘하늘한 원피스를 입은 마린이 센딩팟 위로 올라섰다. 기계 위는 눈부신 빛과 후끈한 열로 가득했다. 마린은 심호흡을 크게 한 번 하고 주위에 둘러서 있는 연구팀을 향해 고개를 끄덕였다.

"그럼 부디 무사 귀환을 바라겠네."

박사가 인사를 건네자 마린이 거수경례로 답을 했다. 다른 연구원들 역시 격앙된 표정으로 마린을 향해 손을 흔들었다. 두꺼운 철판으로 된 가림막이 올라가고 닫히고 기계 위에 홀로 선 마린이 두 눈을 꼭 감았다.

"우─웅!"

두 주먹을 꽉 쥔 마린의 귀에 커다란 기계음과 진동이 느껴졌다.

"노을아, 누나 잘 다녀올게!"

마린이 입속말로 중얼거리는데 케이스타가 번쩍, 하고 눈부신 섬광을 쏟아 냈다. 그리고 순간, 기계 위는 텅 비어 버렸다.

박사는 얼른 케이스타 옆에 있는 제어 컴퓨터로 달려가 계기판을 들여다보았다.

마린 대원, 1931년 6월 평양 을밀대로 전송 중입니다.

박사는 입술을 지그시 깨물었다. 전송 중이라는 표시등이 빨갛게 반짝거렸다. 이제 전송 완료라는 표시가 있는 칸에 달린 파란 등이 켜지면 첫 번째 고비는 무사히 넘기게 될 터였다.

박사를 둘러싼 연구원들과 레몬티 역시 숨도 쉬지 않고 계기판만 들여다보았다.

"와! 성공이다!"

전송 완료의 파란 등이 켜지는 순간, 타임머신 방에 환호성이 터졌다. 박사와 레몬티가 서로를 보며 주먹을 불끈 쥐었다. 연구원들 역시 박수갈채를 터트리며 떠들썩하게 웃었다.

"마린아, 부탁한다. 한반도 이십 세기 역사의 실체를 밝혀다오."

박사는 그 어느 때보다 절실한 마음으로 기원했다.

고공농성과 체공녀

“어이! 아가씨! 정신 차려요!”

“이봐! 여기 어떻게 올라왔어?”

“기절한 거 같은데…. 아가씨! 아가씨!”

‘아가씨? 아, 난 저 소리 안 좋아하는데.’

마린은 자신의 몸을 흔드는 거친 손길과 고함소리에 부스스 눈을 떴다. 꿈인가 싶었다. 하지만 마린의 눈에 제일 먼저 들어온 것은 새파란 하늘이었다.

‘파란 하늘, 흰 구름…, 그리고 이 기체의 냄새와 맛은? 앗! 그렇담 여기는!’

마린이 벌떡 일어나 앉았다. 눈을 뜨려 했으나 밝은 햇빛에 부셔 똑바로 뜰 수가 없었다.

‘우선 이 강한 태양 빛에 적응부터 해야겠군.’

그 생각이 들자마자 퍼뜩 정신이 들었다.

'태양! 그래! 태양이다!'

마린은 평생토록 꿈에 그리던 태양을 마주하고 있다는 사실에 가슴이 터져 나갈 것 같았다. 그러나 태양 빛은 마린이 상상하던 것 이상으로 밝고 강렬했다. 마린이 억지로 실눈을 뜬 채 좌우를 두리번거렸다. 양옆에 앉아 마린을 부축하고 있던 남자 둘이 시끄럽고 거친 말투로 다그쳐 물었다.

"이봐요. 정신 들어요?"

"여기 어떻게 올라왔어요? 응? 누가 올려 보낸 거야? 고소공포증이 있나? 정신을 못 차려, 이거."

"잠깐 기다려 봐. 여기 물 좀 마시겠소?"

한 사람이 마린에게 생수병을 건네주었다. 마린은 투명한 플라스틱 병에 든 물을 가만히 들여다보았다. 투명하지만 햇살 속 푸른 광채가 반사돼 하늘빛이 도는 물, 지구상 모든 생명의 근원은 보기만 해도 감격이었다.

"이게 지구의 물인가요?"

"지구의 물? 그건 무슨 브랜드래?"

"아가씨, 이건 그냥 마트에서 파는 생수요."

아저씨들이 묘한 표정으로 서로를 쳐다봤다.

마린이 멍한 얼굴에 인상을 그었다.

"자꾸 아가씨라고 부르지 마세요. 별로 안 좋아하니까."

안경을 쓴 남자가 마린에게서 살짝 떨어졌다.

"어라? 성질도 있네."

마린은 남자의 의심 가득한 표정을 보자 정신이 번쩍 들었다.

"아, 제 말은 이게 마실 수 있는 물인지 궁금해서요."

마린이 자리에서 일어났다. 순간 아찔한 현기증이 일었다. 방금 타임 슬립을 해서 나오는 증상이 아니었다. 마린이 서 있는 곳이 높이 75미터의 하얀 굴뚝 위였기 때문이다.

'어떻게 된 일이지?'

마린은 서둘러 시계 단추를 눌렀다. 시공간 위치 데이터가 떴다.

2017년 12월 12일 오후 3시 서울 양천구 목동 열병합발전소

"뭐야? 이십일 세기잖아. 왜 이리로 온 거지?"

마린은 저도 모르게 소리 내 말하곤 주위를 두리번거렸다. 굴뚝 맨 위에 동그랗게 둘러쳐진 난간에 현수막이 매달려 있었다.

노동악법 철폐하라!
헬조선 악의 축(수구정당, 국정원, 독점재벌)을 해체하라!

마린은 현수막에 쓰인 '헬조선'이란 단어를 보며 안도의 한숨을 내쉬었다.

"시대는 제대로 맞춰 온 거 같은데 헬조선이 이십일 세기에도 존속했었나? 그렇담 이것도 중요한 발견이군. 근데 여긴 아무리 봐도 을밀대 기와지붕이 아닌데."

그때, 굴뚝 위로 칼바람이 몰아쳤다. 마린의 다갈색 단발머리가 사방으로 흩날렸다.

'지구의 바람은 활기차구나. 대기란 가이아가 숨을 쉰다는 증거라더니!'

마린은 숨결마저 얼어붙을 것처럼 차가운 공기를 한껏 들이마셨다. 그리고 사방으로 가득 깔려 있는 시멘트 건물과 자동차 도로를 내려다봤다. 역사 시간에 보았던 이미지가 그대로 살아서 움직이는 것 같아 신기하고 재미있었다. 하지만 장난감 모형 같은 풍광을 즐길 여유는 없었다.

안경을 쓴 아저씨가 말을 걸었다.

"어디서 나오셨소? 한겨울에 얇은 원피스만 입고. 안 추워요?"

그러고 보니 12월이면 한반도는 1년 중 가장 기온이 낮은 겨울이다. 물론 마린의 원피스는 완벽한 방한복으로 제 역할을 충실히 해 주었다. 덕분에 마린은 추위 따위는 느낄 새도 없었다. 더운 날씨에도 역시 적정 체온을 유지해 주는 방서복 역할을 하도록 설계돼 있는 최첨단 소재였다.

"네. 제가 몸에 열이 많아서요."

"뭐? 열?"

아저씨들이 다시 한 번 묘한 표정이 되어 서로를 쳐다봤다.

마린은 순간 말실수를 했나 싶어 아차 했다. 얼른 대화의 주제를 바꿀 필요가 있다는 판단이 들었다.

"근데 여러분이야말로 여기 왜 계신 건가요?"

마린은 굴뚝 몸통을 내려다보며 물었다. 아찔할 정도로 높은 굴뚝이었다.

안경 쓴 아저씨가 턱수염 아저씨를 돌아봤다. 넉넉한 인상을 풍기는 턱수염 아저씨가 나섰다.

"혹시 기자요?"

"예?"

그때 머리핀에서 딩동 하는 소리가 나더니 카이의 목소리가 들렸다.

"원피스 왼쪽 주머니에 수첩과 펜이 있을 테니 꺼내십시오. 수첩 안쪽에 기자증도 들어 있습니다."

마린이 얼른 주머니에서 수첩과 펜을 꺼내며 대답했다.

"네, 맞습니다."

"그래? 그럼 어느 신문사에서 나왔소?"

턱수염 아저씨는 뭔가 미심쩍은 지 다시 물었다.

"시민일보 사회부 수습기자 정마린입니다."

마린은 카이가 신속히 불러 주는 대로 따라 말했다. 카이의 말대로 임기응변에 능한 마린이었다.

마린이 기자증을 내밀자 아저씨들 얼굴이 환해졌다.

"거봐. 내 말이 맞잖아. 신뼁이 단독 보도 하겠다고 무작정 사다리 타고 올라온 거라니까."

"아니, 아래 본부에서 기자가 올라가는 걸 몰랐단 말이야? 이거 문제 제기 좀 해야겠는걸."

"놔둬. 보아하니 새파란 여기자가 한 건 하려고 독하게 마음먹은 거 같은데."

"어이구, 요즘 젊은 애들은 우리 때보다 더 독하다니까."

아저씨들은 자기들끼리 이러쿵저러쿵 말을 주고받았다. 마린은 프록시마 사람들에게서는 볼 수 없는 활기와 성급함, 거친 말투와 순수함에 웃음이 났다. 처음 만났는데도 금방 정이 들 것만 같은 아저씨들이었다.

아저씨들은 대견한 아기를 어르듯 물었다.

"그래, 여기까지 맨몸으로 올라오면서 무섭지도 않았수?"

마린은 우물거리다 둘러댔다.

"네, 제가 워낙 몸에 열이 많아서요."

"잉?"

"뭐?"

아저씨들이 황당한 표정으로 마린을 쳐다보았지만 마린은 개의치 않고 수첩을 열었다.

"그보다 우선 여러분의 이야기를 듣고 싶습니다. 왜 이렇게 비좁고 위험한 곳에 올라와 계신 거죠?"

어딘가 꼭대기에 올라와 있다는 사실은 짤방 속 여인이건 두 아저씨들이건 다를 게 없었다. 사람이 머물 수 있는 공간이 아닌 위태로운 자리에 스스로를 올려놓았다는 사실이 타임 슬립의 오류를 만든 진짜 이유가 아닐까? 마린에겐 잘못된 시간과 장소에 떨어졌다는 걱정보다 이런 의구심부터 풀고 싶다는 바람이 더 크게 작용했다.

"혹시 헬조선에선 무슨 극한 체험이나 익스트림 스포츠를 즐기는 유행이라도 있는 건가요?"

안경 쓴 아저씨의 낯빛이 다시금 슬쩍 굳었다.

"뭐야? 기자라면서 왜 이리 엉뚱한 소리만 늘어놓는 거지?"

턱수염 아저씨가 헤, 하며 웃음 섞인 콧방귀를 뀌었다.

"지독한 풍자군. 극한 체험이라…, 뭐 아주 틀린 말은 아니지."

턱수염 아저씨는 마린에게 재치가 넘친다며 일어섰다.

"여긴 추우니까 저리로 들어가 얘기합시다."

아저씨들은 마린을 데리고 굴뚝 난간에 만들어 놓은 임시 천막 안으로 들어갔다. 천막 안은 말 그대로 난민 텐트였다. 검은 비닐봉지에 꽁꽁 싸인 옷가지와 그 앞에 포개져 있는 밥그릇과 반찬통, 그 옆에는 핫팩 상자들이 쌓여 있고 다 먹은 도시락 통이 쓰레기 수거 봉투 옆에 무심히 기대 있었다.

"두 분이 여기서 지내세요?"

세 사람이 앉기에 비좁기 그지없었지만 옹기종기 무릎을 맞대고 앉는 맛도 없지는 않았다. 무엇보다 이 거대한 굴뚝에서 한겨울 찬바람을 피할 수 있는 곳은 천막 안이 유일했다.

"그러고 보니 오늘이 딱 한 달째네."

"네? 여기 이렇게 계신 지 삼십 일이나 됐다고요?"

마린이 토끼 눈을 하자 아저씨들이 껄껄 웃었다.

"이거 고공농성의 최장 기록을 보유한 차광호 동지 얘기 들으면 기절하겠네. 이봐, 우리 차 형님은 사백팔 일을 꼬박 케미칼 공장 굴뚝에서 버틴 기록 보유자셔."

408일이라면 지구력으로 1년이 넘는 기간이었다. 마린은 믿기지 않았다. 인간에게 그런 의지와 인내심이 있다는 소리는 들어 본 적도 겪어 본 적도 없었다.

"형도 참, 그게 무슨 자랑이라고. 다 아프고 처절한 투쟁의 역사지."

"그렇게 목숨 걸고 얻어 낸 노사 협의를 질질 끌고 이행을 안 하니 우리가 또 이렇게 올라와 있는 거 아니겠소."

"우리는 뜻이 관철되는 그날까지 여기서 꼼짝하지 않을 거요."

"암, 어떤 각오를 다지고 올라온 곳인데."

아저씨들은 마린은 아랑곳없이 자기들끼리 말을 주고받느라 여념이 없었다. 마린은 이들의 대화를 빠르게 받아 적었다. 적으면서도 믿기지가 않았다. 사방이 트인 공중에서 막힌 벽 하나 없이 눈비를 맞으며 지낸다는 건 비인간적이고 비현실적인 조건이었다.

적어도 프록시마b에서 온 마린에게는 그러했다.

'프록시마의 방사능 피폭 환경은 행성의 자연조건이라지만 여기 사람이 만든 문명사회인데….'

마린이 고개를 갸웃거렸다.

"왜 이렇게 위험한 행동을 하시는 거죠?"

마린은 엉뚱한 시공간으로 떨어졌다는 사실도 잠시 잊었다. 마치 진짜 신문기자가 된 것처럼 두 남자의 사연을 캐내고 싶었다.

안경잡이 아저씨가 대답했다.

"다른 방법 어떤 것도 통하지 않았으니까."

"그래도 이건 너무 극단적인 선택 아닌가요?"

"우리의 처지가 극단으로 몰려 있으니까."

턱수염 아저씨가 대답과 함께 말을 이었다.

"하루에 세 번 저 아래 동료들이 올려 주는 도시락을 받고 하루 한 번 요강을 내려 주지요. 저 아래를 지켜 주는 사람이 없으면 위로 오른 사람은 버틸 수가 없어. 우리만 칼바람 맞으며 공중에 떠서 자는 거 아니야. 저 아래 동료들도 우리를 뒷바라지하느라 차가운 시멘트 바닥에서 한뎃잠을 자는 거요."

마린은 난간 밖으로 살짝 고개를 뺐다. 저 아래 땅 위에 세워진 천막과 간이 무대 등이 손바닥만 하게 보였다. 그 사이를 왔다 갔다 하는 사람들도 까만 점 같았다.

"결국에 고공농성은 말이야. 세상 사람들한테 사연을 들려주고 싶어서 올라오는 거요."

"어떤 사연이요?"

"가장 낮은 자리에 있는 사람들이 가장 높은 꼭대기로 올라올 수밖에 없는 사연. 이 나라는 말이지. 노동자가 한 인간으로 살아가기 위해서는 목숨을 걸어야 하는 곳이거든."

마린은 현수막에 쓰인 '헬조선'이란 글자를 가리켰다.

"헬조선이란 그런 뜻인가요?"

두 사람이 고개를 끄덕였다.

"사람들은 말이야. 남의 일이 곧 내 일이 된다는 세상 이치를 모른 채 자신의 현재에만 골몰하지. 우리는 그런 이들에게 보여 주고 있어. 여기 이렇게 살기 위해 죽을 자리로 올라와 버티는 삶도 있다고 말이야."

"설명이 너무 시적으로 흐른 거 아니유?"

안경잡이 아저씨가 실쭉 웃으며 농을 건넸다. 턱수염 아저씨가 힘없이 웃었다.

"고공농성에 관한 현장 자료야 밑에 내려가면 얼마든지 얻을 수 있을 거요. 기자가 위험을 무릅쓰고 여기까지 올라와 우리랑 마주 앉았을 때는 뭔가 다른 이야기를 듣고 싶어서 그런 거 아니겠소."

세 사람 사이에 숙연한 공기가 흘렀다. 그 사이 해가 뉘엿뉘엿 지기 시작했다. 마린은 서쪽 하늘로 번지는 노을을 바라보았다. 붉은 물감을 풀어 놓은 듯 강렬한 색깔이 지평선을 한껏 물들이고 있었다. 날씨는 차디찼지만 노을만큼은 뜨겁게 타올랐다.

'저것이 노을이구나.'

프록시마 집에서 보았던 영상 속 노을은 지금 이 순간 눈앞에 펼쳐진 광경에 비하면 유치한 장난이었다.

'진짜라는 건 경험하지 않고는 알 수 없는 것이군.'

부모님이 동생 이름을 왜 노을이라고 지었는지 이해가 되는 순간이었다. 지는 해를 바라보고 있자니 내일 아침 다시 떠오를 태양을 기대하는 마음이 저절로 들었다. 난생 처음 보는 태양이자 석양이었다. 그런데 보고 있자니 내일을 향한 기대와 희망이 마음 가득 퍼졌다. 마린은 지구인의 피를 가진 사람이라면 누구나 유전자 속에 박혀 있는 본능일 거라 생각했다.

"오늘은 이쯤 하고 해도 지는데 그만 내려가지 그래?"

아저씨들은 마린을 재촉했다. 얼굴엔 처음 보는 사람일망정 걱정할 건 해 주는 따스함이 흘렀다.

그때 턱수염 아저씨의 휴대전화가 울렸다.

"예, 예. 인권위원회에서 실태 조사를 나온다고요?"

"언제요?"

두 사람은 휴대전화를 받으며 토의를 하느라 정신이 없었다. 마린은 그 틈을 타 굴뚝 반대쪽으로 몸을 숨겼다. 시계에서 홀로그램을 띄운 채 타임 슬립 할 시간을 다시 맞추었다.

"돌아갈 때 빼고 한 번 더 기회가 있다고 했지? 그렇담 이번엔 꼭 을밀대로 가자."

두 번째 시도에 성공하지 못하면 임무를 포기하고 귀환해야 했다. 가슴이 두방망이질 쳤다.

시간 조정을 마친 마린이 눈을 질끈 감고 시계 단추를 눌렀다. 피융, 하는 소리와 함께 마린이 서 있던 굴뚝 난간이 텅 비어 버렸다. 전화 통화를 마친 턱수염 아저씨가 마린이 있던 자리로 돌아왔다.

"어? 그새 없어졌네? 벌써 내려갔나?"

아저씨가 굴뚝 몸통을 휘감은 철제 사다리를 내려다보았지만 겨울바람만 쌩쌩 불 뿐 아무도 보이지 않았다.

어스름한 새벽이었다.

동녘으로 밝아 오는 새벽빛이 대동강 물결을 잔잔하게 물들이고 있었다. 모란봉 꼭대기에서 내려다 본 평양성 시내는 2017년 서울과는 또 달랐다. 풍경 전체에 고아함이 흘렀다.

"카이, 지금 현재 날짜와 시간을 말해 줘."

마린의 물음에 카이가 신속히 대답했다.

"천구백삼십이 년 팔월 사 일 오전 다섯 시 사십칠 분입니다."

마린이 사진 속 한자와 눈앞에 떡 버티고 선 누각의 현판을 번갈아 보았다.

"이번엔 제대로 온 모양이군."

마린은 까치발을 하고 을밀대 지붕 위를 올려다보았다. 누각 주위를 빙빙 돌며 이리저리 살피기도 했다.

"지붕 위에 올라앉은 여자는 어디로 갔지?"

아침햇살이 을밀대를 이고 선 모란봉에 퍼졌다.

"벌써 내려간 건가?"

하지만 동이 트기 전부터 을밀대를 샅샅이 살핀 마린이었다. 그 사이 사람은커녕 강아지 한 마리도 얼씬하지 않았다. 짤방 사진으로 보아, 지붕 위 여인이 찍힌 시간은 햇살이 환하게 퍼진 낮이었다.

'그렇다면 여인이 아직 기와 지붕 위로 올라가지 않은 건가?'

초조해진 마린이 을밀대 앞을 떠나지 못하고 서성댔다. 그사이, 사람들이 하나둘 모습을 보이기 시작했다. 아침 산책을 나오거나 고개를 넘기 위해 오가는 행인들이었다. 마린은 망설이다 보퉁이를 머리에 인 여인에게 말을 걸었다.

"저기, 을밀대 지붕 위에 앉아 있던 여자 못 보셨나요?"

여인은 마린을 아래위로 훑어 내리더니 인상을 찡그렸다.

"뭔 자다가 봉창 뚫는 소리네? 누가 어디에 올라갔다고?"

"아, 아닙니다."

여인의 억센 말투에 마린이 뒤로 물러섰다. 여인은 마린을 한 번 더 쌔려보더니 가던 길을 갔다.

이리저리 눈치를 살피던 마린이 이번에는 맥고모자와 지팡이를 갖춘 양복쟁이 신사에게 다가갔다.

"혹시 여기 지붕 위에 여자가 한 명 올라가 있지 않았나요?"

신사는 걸음을 멈추고 마린을 뚫어져라 쳐다봤다. 하지만 입에서 흘러나오는 말씨는 부드러웠다.

"여자라니? 무슨 말이오?"

"을밀대 지붕 위에 여자가 한 사람 앉아 있다고….'"

마린이 조심스럽게 대답하자 신사가 잠깐 미간을 찌푸리고 생각을 하더니 무릎을 탁 쳤다.

"아, 작년 그 소동을 말씀하시는 게로군."

"예? 작년이요?"

눈앞이 캄캄해진 마린이 입을 벌렸다.

"그 왜 평원고무공장 여공이 난동 피운 사건 말하는 거 아닙니까."

신사는 자신의 기억력을 자랑하듯 큰소리로 말을 이었다.

"유월인가, 초여름에 고무신 만드는 여공이 사장한테 대든다고 을밀대 지붕 위에 올라가서 찍자를 부리지 않았소. 그때 떠들썩했었지, 아마."

"여공이 왜 사장한테 대들었는데요?"

"잘은 모르겠소만 월급 더 달라고 졸라 대다가 안 통하니까 자살 소동 벌인다고 그 난리를 친 모양입디다. 세상 말세지. 여자가 어디 겁도 없이 저 위에 올라가 죽겠다고 겁박을 놓고, 말세야 말세. 쯧쯧!"

신사는 지팡이를 치켜들고 을밀대 지붕을 찌르듯 가리켰다. 것도 모자라 퉤하고 침까지 뱉었다.

마린은 주머니 속 사진을 꺼내 신사에게 보여 주었다.

"말씀하신 게 여기 이 사람 맞습니까?"

신사는 사진을 보며 고개를 끄덕였다.

"어, 나도 신문에서 본 적 있소. 일간지 일 면에 대문짝만하게 나왔지."

"근데 그 일이 일 년 전이라 이 말씀이지요?"

"그렇대도. 순사들이 십 수 명이나 동원돼서 끌어내린다고 한바탕 소동을 피웠지. 잡혀가서 감옥살이한다고 하던데 그 뒤는 모르겠소. 애초에 가난뱅이 청상과부가 공장 사장한테 맞서는 태도부터가 틀렸지. 법 무서운 줄도 모르고 누각 지붕 위로 기어 올라가 소리친다고 바늘 끝이나 들어갈 세상이오?"

신사는 말을 맺다가 입을 헤벌리고 서 있는 마린을 아래위로 훑었다.

"보아하니 얌전한 집 규수 같은데 그만 걸 왜 묻고 다니쇼?"

"아, 아 예! 저는 기자입니다. 이 사건에 대해 좀 더 밀착 취재를 하라는 부장의 지시가 있어서….."

마린이 허겁지겁 둘러대자 신사가 지팡이로 땅을 두드렸다.

"기자? 예끼, 여보쇼. 내가 올해 쉰 하고도 둘인데 여자가 기자질 한다는 소리는 태어나서 첨 듣소."

마린은 대꾸할 말을 찾지 못하고 붕어처럼 입만 쫑긋거렸다.

'아직 이때는 여성 기자가 없었나? 어떡하지?'

신사가 야단치듯 툴툴거렸다.

"요즘 여학교에서는 뭘 가르치는지…, 얼른 집에 들어가 신부 수업이나 착실히 하시게. 시집갈 때 다 된 거 같은데 치마에 바람 넣고 다니지 말고."

신사는 이 말만 남기고 휘이휘이 사라졌다. 마린은 신사가 한 말을 모두 정확히 이해할 수 없었다. 신부 수업이 어떤 과목인지, 치마에 바람을 넣는다는 게 무슨 행위인지 알 수 없었다. 다만 뭔지 모르게 뒷맛이 찜찜할 뿐이었다.

마린은 마지막이라는 생각으로 저쪽에서 오는 학생복 차림의 청년에게 다가갔다. 학생의 인상이 순하고 명민해 보였다. 방금 전 두 사람보다는 친절하게 이야기해 줄 것만 같았다.

"기억하지요. 웬 여자가 을밀대 지붕에 올라가서 죽는다고 자살 소동을 벌였어요."

"그게 틀림없이 일 년 전 일이고요?"

"예. 작년 초여름이었죠."

마린은 눈앞이 아찔했다. 사건이 벌어진 때가 1년 전이라면 이번 원정 임무는 이대로 실패다. 타임 슬립을 또 한 번 1년 전으로 할 수는 없었다. 지금 남은 시간 이동 기회는 프록시마로 돌아가는 단 한 번밖에 남질 않았다. 마린은 무거운 돌덩이로 가슴을 짓누르는 듯 답답해졌다. 그래도 다시 한 번 마음을 다잡았다. 기왕 이렇게 된 일, 알아볼 수 있는 대로 알아봐 정보 수집이라도 하고 돌아가자는 요량이었다.

"근데 왜 자살 소동을 벌였대요?"

"글쎄요. 자세한 건 모르겠지만 아마 남자한테 배신을 당해서 홧김에 소동을 피운 거라 그러더라고요."

마린은 여성 위원이 했던 말이 떠올랐다. 정말 그 추측이 맞는 것일까?

학생은 마린이 고개를 갸웃거리자 한 발 빼는 소리를 했다.

"저는 경성에서 학교를 다니는 학생이라 정확한 건 잘 몰라요. 그 당시에도 여기 없었고요."

마린은 마지막이다 하는 생각으로 다시 물었다.

"공장 사장한테 월급 인상을 요구하며 농성을 벌인 거라는데요. 아닌가요?"

"여공이 농성을 벌여요? 제깟 게 뭘 안다고요?"

마린은 흠칫 놀랐다. 순진하게만 보였던 학생의 얼굴에 일순간 퍼지는 거만한 표정 때문이었다.

"여공이라고 무조건 무시할 일은 아닌 것 같은데요."

학생 눈가에 비웃음이 가득 실렸다.

"하긴 요즘은 주의자들이 사방으로 다니며 사상교육인가 정신교육인가 한다니까 모를 일이지만."

학생은 이 말만 남기고 총총히 사라졌다.

기운이 빠진 마린이 을밀대 주춧돌 옆에 털썩 주저앉았다.

"어떡하지? 이대로 임무 완수도 못하고 돌아가야 하나?"

첫 임무였다. 그만큼 위험도 따르고 성패도 중요한 첫 원정이다. 그런데 일은 갈수록 꼬였다. 무엇보다 프록시마로 무사히 돌아갈 수 있을지 두려움이 앞섰다. 아무래도 마리우스 박사의 케이스타는 장소는 몰라도 시간을 맞추는 데는 문제가 있어 보였다.

'이제 어쩐다…?'

마린이 맥없이 손에 든 사진을 들여다보고 있을 때였다.

"저기…, 그거 어디서 났어요?"

상냥하지만 씩씩한 목소리였다.

마린이 고개를 번쩍 들어 자신 앞에 서 있는 처녀를 올려다보았다. 흰 무명 저고리에 검정 치마, 맨발에 고무신을 신고 머리는 한 갈래로 땋아 길게 늘어트렸다. 두 눈이 초롱초롱하고 입 매무새가 야무진 얼굴은 햇빛에 그을려 가무잡잡했다. 처녀 왼손에는 작은 보퉁이가 들려 있었는데, 네모난 책 같은 것이 검은 보자기에 싸여 있는 모양새였다. 처녀는 마린이 들고 있는 사진을 호기심 어린 눈으로 내려다보는 중이었다.

마린은 반가운 마음에 벌떡 일어났다.

"이 사건에 대해 아시는 것이 있으신가요?"

"안다면 알겠고 모른다면 모르겠고."

처녀는 새침하게 생긴 얼굴 모양 그대로 얄밉게 대꾸했다.

'도대체 이 시대 사람들은 하나같이 말을 왜 저렇게밖에 못하

지?'

마린은 고개를 돌리며 한숨을 내쉬었다. 사람한테 부대낀다는 표현을 온몸으로 체험하는 기분이었다. 사람이 귀한 프록시마에서는 절대 경험하지 못할 일이었다. 그때, 조심스러운 말소리가 들렸다.

"강주룡 동지에게 무슨 볼일이라도 있나요?"

마린 어깨가 움찔했다.

"강주룡? 이분 성함이 강주룡입니까?"

"아니, 그럼 이름도 모르면서 신문 기사 사진은 왜 들고 다니는 거예요?"

처녀가 날카롭게 물었다.

마린이 사진을 쳐들며 말했다.

"이 강주룡이란 사람이 고무공장에서 난동을 피운 불량 여공이라고 하던데 그 말이 진짜…."

"뭐이 어드래?!"

말이 채 끝나기도 전에 처녀가 마린의 멱살을 틀어쥐었다. 갑자기 당한 공격에 마린이 기겁을 해 처녀의 두 팔을 움켜잡았다. 처녀 눈에서 불이 뚝뚝 떨어졌다.

"너 어디에서 그따위 개소리를 늘어놓고 다니니? 누가 그러던? 강 동지가 불량 여공이라고!"

처녀는 마린을 마구잡이로 흔들었다. 캑캑거리던 마린이 정신을 가다듬고 처녀의 두 팔을 잡아 비틀었다. 원정대 연수원 때 배워 둔 호신술이 요긴하게 쓰이는 순간이었다.

"진정하시고 제 말 좀 들으세요."

마린이 휘청거리는 처녀의 오른팔을 뒤로 꺾고 꼼짝 못하게 했다.

"이거 못 놓겠니? 못 놔!"

처녀는 발광을 하며 마린에게 덤벼들려고 했지만 역부족이었다.

"자, 이것부터 보시죠."

마린이 한 손으로 주머니에서 수첩과 기자증을 꺼냈다. 기자증은 어느새 잡지 《동광》의 사회부 기자 정마린이라는 직함으로 바뀌어 있었다. 처녀는 눈앞에서 흔들리는 기자증을 보더니 일순 잠잠해졌다. 마린이 처녀를 놓아주었다.

"전 강주룡 씨, 아니 일 년 전 여기서 벌어진 사건에 대해서 좀 더 자세히 취재하러 온 사람입니다."

처녀가 쏘아붙였다.

"그런 사람이 어찌 강 동지 이름 석 자를 모른단 말이요?"

"모를 리가 있겠습니까? 여기 서서 지나가는 행인들에게 물으니 하도 기가 막힌 소리들을 해대기에 잠깐 떠본다는 것이…. 어쨌든 죄송하게 됐어요. 근데 강주룡 씨와 잘 아시는 사이십니까?"

마린이 정중히 사과를 하자 처녀는 한결 누그러졌다.

"을밀대 체공(滯空) 사건이 있은 지 일 년이나 지났는데 아직도 관심을 가진 기자가 있다니 뜻밖이네요."

"저도 만나 뵙게 되어 다행입니다. 어디 가서 강주룡 씨를 뵐 수 있을까 고민하고 있던 참이었거든요."

"강 동지를 대담하시겠다는 말씀인가요?"

'대담? 아, 인터뷰를 말하는 거구나.'

마린은 반지빠르게 알아듣고 머리를 끄덕였다.

"대담만 허락해 주신다면 제게는 큰 영광이죠. 당사자의 육성으로 당시 상황을 설명해 주신다면 그보다 정확한 취재는 없을 겁니다. 그런데 강주룡 씨가 어디 계신지 알고 있습니까?"

처녀가 득의만만한 웃음을 지으며 대답했다.

"자, 따라오시죠. 체공녀에게 안내하겠습니다."

체공? 마린은 생소한 단어가 궁금해 처녀 뒤를 따르며 머리핀을 살짝 만졌다.

"체공(滯空). 허공에 머물다, 라는 뜻의 한자입니다. 이십일 세기 대한민국에서 고공농성이라고 부르던 단어와 같은 의미입니다."

카이의 친절한 설명에 마린이 아, 하고 머리를 끄덕였다.

"근데 어디 높은 데로 올라가 시위를 벌이는 게 헬조선의 유행인가? 백 년 가까운 시간 차를 두고도 똑같은 일이 벌어지니 말이야."

마린이 걷다 깜짝 놀라 입을 다물었다. 앞서 가던 처녀가 뒤를 돌아 마린을 빠끔히 쳐다보고 있었다.

"뭘 그렇게 혼자 중얼거려요?"

"아, 아무것도 아니에요. 그런데 참! 이름이 어떻게 되세요? 우리 서로 통성명도 안 했잖아요. 저는 정마린이라고 합니다."

마린이 정식으로 자기소개를 했다.

"마. 린? 꽤나 독특한 이름이네요. 무슨 마 자에 무슨 린 자를 쓰십니까?"

처녀가 흥미롭다는 듯 마린에게 물었다.

마린은 처녀의 질문을 이해하지 못해 당황스러웠다. 이럴 때 카이라도 정보를 줘서 위기를 모면하게 도와줘야 하는데 웬일인지 조용했다. 마린이 솔직히 털어놓았다.

"제 이름은 바다를 뜻하는 프랑스어 'marine'에서 따온 것이에요."

"와! 멋지다! 그럼 마린은 필명이시겠네요?"

필명? 그건 또 뭐지? 마린은 산 너머 산인 대화에 입안이 바짝바짝 말랐다.

처녀가 어물거리는 마린을 보며 어깨를 툭 쳤다.

"에이, 기자라면서요. 글 쓰는 사람들은 저마다 필명 한두 개씩은 짓는 게 유행인데요, 뭘. 쑥스러워 할 필요 없어요."

처녀는 혼자서 북 치고 장구 치고 신나서 떠들었다.

'꽤나 쾌활하고 적극적인 성격이구나.'

"우리 이렇게 만난 것도 인연인데 악수나 해요."

마린은 구김살 없는 처녀가 마음에 들어 악수를 청했다.

처녀가 흔쾌히 악수를 받았다.

"저는 조용옥이라고 합니다. 강 동지와는 평양 고무공장 투쟁 중에 알게 됐고요."

"네, 그렇군요. 제가 오늘 운이 좋았네요. 용옥 씨를 만나게 돼서요."

마린과 용옥이 나란히 걸었다.

"기자님은 운이 좋을지 몰라도 주룡 언니는 어떨지 모르겠어요."

"왜요?"

용옥의 낯빛이 어두워졌다.

"언니가 위중하다는 소식을 듣고 가는 길이었거든요."

"위중하다고요?"

마린이 발걸음을 멈추자 용옥이 마린의 팔을 끌며 말했다.

"저도 그래서 을밀대에 들른 거예요. 주룡 언니의 그날을 기념하기 위해서요."

사건의 주인공을 만날 수 있다는 희망에 들떴던 마린의 기분이 일순간에 가라앉았다. 왠지 용옥의 말투에 친구의 임종을 지키러 가는 사람의 비장함이 서린 듯했기 때문이다. 마린과 용옥은 주룡의 움막집에 닿을 때까지 말없이 걷기만 했다.

빈민굴의 투사

허리를 굽히지 않고는 안으로 들어갈 수 없었다. 집이라고 하기엔 민망하기 그지없는 움막이었다. 곰팡이가 핀 가마니와 거적때기를 얼기설기 이어서 만든 토막집은 발길질 한번에 폭삭 쓰러질 듯 위태로웠다. 마린은 선뜻 움막 안으로 발을 들여놓지 못하고 주춤거렸다.

용옥이 움막 입구의 거적때기를 들치며 인사를 건넸다.

"언니, 저 왔어요."

하지만 안에서는 별다른 기척이 없었다. 문 앞에서 선 용옥이 안을 살피다 쑥 들어섰다. 마린이 벌어진 거적때기 사이로 안을 들여다보았다. 어둑한 움막 안에 한 여인이 비스듬히 누워 있었다.

마린은 '피골이 상접하다'는 표현을 지구 고전문학 시간에 읽은 적이 있었다. '병색이 짙다'라는 표현 역시 마찬가지였다. 단어의 뜻은 공부해서 알고 있었지만 이렇게 눈앞에서 맞닥뜨리기는 처음이었다.

마린은 머리를 쓰다듬는 척하며 카이를 불렀다.

"강주룡 씨 바이오체크 좀 부탁해."

곧바로 카이의 목소리가 들렸다.

"영양실조와 폐렴, 결핵 그리고 위궤양 소견입니다. 뇌파 역시 불안정한 그래프를 그리는 것으로 보아 뇌신경계 쪽 손상도 감지됩니다. 전체적인 바이탈 수치는 이십이 퍼센트로 신진대사 기능이 현저히 떨어진 상태라 긴급 치료와 요양이 필요해 보입니다."

마린은 한숨을 내쉬었다. 프록시마에서 폐렴이나 위궤양 같은 병은 치료 캡슐에 들어가면 한 시간도 안 되어 완치되는 병이다. 결핵은 병리학 사료관에 가야 균과 치료제를 구경할 수 있을 정도로 박멸된 질병이었다. 뇌신경이나 심리적 손상도 마찬가지였다. 지금이라도 당장 프록시마 건강센터에 데려가면 깨끗이 나을 수 있었다. 그런데 20세기 초 헬조선에서는 그깟 간단한 질병 때문에 사람이 죽어가고 있었다.

마린이 다시 머리핀을 만지작거렸다. 뭐라고 입을 떼려는데 카이의 단호한 목소리가 들렸다.

"마린, 지금 무슨 말씀을 하실지 짐작이 갑니다만, 절대 안 됩니다."

"멀쩡히 살릴 수 있는데 그냥 두고 봐야 한단 말이야?"

"삼대 원칙을 잊으신 건 아니죠? 이미 정해진 역사의 흐름을 대원의 임의대로 바꿀 수 없습니다."

마린도 잘 알고 있었다. 첫 번째 파견 임무에서 그 원칙을 깰 마음도 없었다. 다만 뻔히 알고도 모른 척해야 하는 자신의 한계가 답답했다.

"역사 불개입 원칙을 깰 수는 없지."

마린은 대꾸하는 말인지 다짐하는 말인지 모르게 중얼거리며 움막 안으로 들어섰다. 움막 안은 어둡고 눅눅했다. 마린으로서는 처음 맡아 보는 곰팡이 냄새와 시궁창 냄새에 숨이 막힐 지경이었다. 이런 곳에 중병을 앓는 환자가 누워 있다니, 도저히 견디고 볼 수 없는 광경이었다.

'여긴 마치 질병 인큐베이터 같잖아. 멀쩡한 사람도 바이러스건 세균이건 감염돼 환자가 되는 건 시간 문제겠군.'

용옥이 마린을 재촉했다.

"뭐해요? 이리로 와 앉으세요."

마린이 어두운 표정을 얼른 고치며 부드러운 미소를 띠었다.

"강 동지, 여기는 동광 잡지 정 기자입니다."

주룡 옆에 앉아 있던 용옥이 마린을 소개했다.

때가 전 치마저고리를 입고 누워 있던 주룡이 끙, 하며 윗몸을 일으키려 했다. 사진 속에 나온 옷차림 그대로였다. 마린이 손을 내저으며 만류했다.

"아닙니다. 누워 계세요. 이렇게 불쑥 찾아와 실례가 많습니다."

마린이 주룡의 손을 잡았다. 가볍고 메마르고 뜨거운 손이었다.

'열이 있군. 이 시대에도 약국이나 병원 같은 의료 시설은 있을 텐데.'

마린이 혼자 생각에 미간을 좁히는데 실낱같은 목소리가 들렸다.

"실례라니요. 당치않아요. 저를 취재하러 오셨다고요?"

주룡이 힘없이 웃으며 마린을 올려다봤다. 희미한 쫠방 사진에서 본 모습과는 다르게 주룡의 얼굴엔 결기 같은 빛이 어려 있었다. 심각한 병마와 싸우고 있는 환자에게 그런 기운이 맴돌다니, 마린은 놀라운 마음에 주룡의 손을 꼭 쥐었다.

"그런데 무슨 얘기를 해 드려야 할지 모르겠군요."

주룡이 억지로 몸을 일으켰다. 용옥과 마린이 말렸지만 고개를 저었다.

"아직 일어나 앉을 기운은 남아 있다오. 간만에 오신 손님인데 내처 누워 있기가 오히려 불편하구려."

주룡이 가느다란 나무 기둥에 등을 기대앉았다.

"식사는 하셨어요?"

마린이 움막 안을 둘러보며 물었다.

"이틀째 곡기를 넘기지 못하고 계세요."

용옥이 대신 대답했다.

마린이 일어섰다.

"처음 찾아뵙는 터에 빈손으로 와서 안 됐는데 잠시만 기다리세요. 제가 밖에 나가서 뭣 좀 사가지고 올게요.”

마린은 두 사람의 대답을 기다리지 않고 움막을 나왔다.

그사이 해는 중천에 떠올라 8월 한낮의 햇볕이 내리쬐고 있었다.

“카이 어디로 가야 하지? 환자에게 필요한 음식과 의사를 데려오자면?”

마린이 버섯처럼 옹기종기 모여 있는 움막들과 그사이에 난 길을 둘러보며 물었다. 그때, 움막에서 용옥이 뒤따라 나왔다.

“어딜 가시려고 그러세요?”

“환자에게 먹일 죽과 의사를 구하러 가야지요. 근데 제가 평양이 초행길이라….”

마린의 말에 용옥이 고개를 갸우뚱 기울이며 궁리를 했다.

“음식이야 저 아래 남문시장으로 가면 지천으로 구하겠지만 의사 왕진은 어려울 거예요.”

“왜요?”

“어떤 의사가 이 빈민굴로 왕진을 와 준답니까?”

“아니 의사라면 환자가 있는 곳을 찾아 진료를 하는 게 책무일 텐데….”

“돈 안 되는 병자는 의사한테도 외면받는 게 현실 아닙니까.”

돈? 의사가 돈벌이가 안 된다고 환자를 방치한다니, 기가 막혔다. 또 한 번 얘기하지만 프록시마에서는 있을 수 없는 일이었다. 헬조선은 아무래도 사람이 먼저, 사람이 귀한 곳이 아닌 듯싶었다.

"돈이야 우선 내가 어떻게 해 볼 수도…."

마린이 반박을 하다 입을 다물었다. 용옥이 쓴웃음을 베어 물며 이렇게 말했기 때문이다.

"왕진 한 번에 털고 일어날 병이 아닙니다. 그리고 기자님, 주룡 언니 병원에 입원시킬 돈 가지고 있습니까? 저 몸 추스르려면 한 달은 넘게 입원을 해야 할 텐데. 다 나을 때까지 뒷바라지할 힘 되시냐고요?"

마린은 일주일이란 시간 제약을 떠올렸다. 타임 슬립을 해서 과거 시간대 지구에 머무를 수 있는 최대 시간은 7일뿐이었다.

마린이 꿀 먹은 벙어리처럼 서 있자 용옥은 앞장서 걷기 시작했다.

"시장 통에 있는 약국에나 다녀옵시다."

잠시 후, 움막으로 돌아오는 용옥의 양손에 종이봉투들이 들려 있었다. 약과 쌀, 당장 먹일 죽이었다. 용옥이 겸연쩍게 웃었다.

"이거 취재하러 내려오셨다가 한 달 봉급 다 털리시는 거 아닙니까?"

마린은 원피스 주머니 속에 있던 지폐를 만지작거렸다. 기자 수첩과 함께 미리 준비돼 있던 돈이었다.

"봉급이 다 털려도 좋으니 환자나 얼른 기운 차렸으면 좋겠어요. 저대로는 대담조차 어려울 것 같아요."

"정말 훌륭하신 기자 정신입니다."

용옥이 큰소리로 웃었다. 마린도 따라 웃으며 움막 안으로 머리를 디밀었다.

"용옥 동지, 어디 다녀오시는 길이오?"

"어! 위원장님!"

움막으로 들어서던 용옥이 반색을 하며 소리를 높였다. 주룡 옆에 앉아 있던 남자가 용옥과 인사를 나누었다. 남자는 용옥 뒤를 따라 들어오던 마린을 보자 일순간 낯빛을 굳혔다. 경계하는 눈치가 역력했다.

"그런데 이분은?"

주룡이 나섰다.

"일 년 전 을밀대에서 있었던 일을 얘기해 달라고 온 기자예요."

"반갑습니다. 정마린이라고 합니다."

마린이 남자에게 악수를 청하느라 손을 내밀었다. 용옥과 주룡이 깜짝 놀랐다. 남자 역시 움찔하며 뒤로 물러나는 듯하더니 무언가 결심한 듯 마린의 손을 잡았다.

"여성이 청하는 악수는 난생처음이오. 나는 평양노동조합 위원장 정달헌이라 하오. 반갑소."

마린은 순간 아차, 싶어 입술을 깨물었지만 물러서진 않았다.

"인사에 남녀유별이 있을 수 있나요. 동광 잡지에 있습니다. 사회부 담당이지요."

용옥은 주룡 앞에 죽 그릇을 내려놓았다.

"언니, 식기 전에 드세요. 속에 좋다는 약도 사 왔으니 같이 드시고요. 모두 기자님이 내시는 거예요."

"원, 이렇게 고마울 데가. 초면에 신세가 너무 많습니다."

주룽이 몸을 일으켜 죽을 떠먹기 시작했다. 주룽을 둘러싸고 앉은 세 사람이 주룽의 입만 쳐다보았다. 그런데 몇 숟가락 뜨지도 못하고 주룽이 오만상을 찌푸리며 물러앉았다.

"속이 아파서 더는 못 먹겠어."

주룽이 내미는 죽 그릇을 받던 용옥이 안타까운 한숨을 내쉬었다.

"그럼 약이라도 드세요. 어떡하든 기운을 차리셔야죠. 이대로 꺾일 수는 없어요. 너무 억울해요."

용옥은 한약 환을 한 움큼 집어 주룽에게 먹였다. 간신히 물과 함께 약을 삼킨 주룽이 기진해서 자리에 누웠다.

"어쩌다 이 지경이 되신 겁니까?"

마린은 눈을 감고 누운 주룽 대신 용옥을 쳐다봤다. 용옥이 뭐라고 대꾸하려는데 달헌이 치고 들어왔다.

"기자증 좀 봅시다."

달헌의 눈매는 차갑고 예리했다. 좀처럼 경계를 풀지 않는 분위기였다. 중간에서 머쓱해진 용옥이 달헌의 눈치를 보았다. 마린은 침착한 태도로 기자증을 꺼내 달헌에게 건네주었다. 달헌은 기자증을 이리저리 뒤집어 보며 꼼꼼히 살폈다. 옆에서 구경하던 용옥이 말렸다.

"위원장님, 그만하시지요. 기자님 얼굴 보면 모릅니까? 사람 속이고 다니면서 프락치 노릇할 사람 아닙니다."

용옥이 마린을 건너다보며 빙그레 웃었다. 마린은 속이 뜨끔했지만 고개를 끄덕이며 용옥의 미소를 받았다.

마린이 말했다.

"아닙니다. 위원장님 입장 충분히 이해합니다. 시기가 시기이니만큼 돌다리도 두들겨 건너야지요."

사실 시기가 어떤 시기인지 마린으로서는 알 수 없는 노릇이었다. 다만 노동을 업으로 삼고 사는 가난한 사람들에게 친절하지 않은 세상이 헬조선이라는 사실만은 분명했다. 100년 후의 굴뚝에서부터 보고 온 모습 아니던가.

달헌은 기자증을 마린에게 돌려주며 말을 받았다.

"이해해 주니 고맙소. 적색노조 사건으로 동지들이 고초를 겪고 풀려난 지 얼마 되지 않아서 말이죠. 아직 일본 형사 놈들이 우리 뒤를 밟고 있는 형편입니다. 매사에 조심하지 않으면 조직의 재건은 물거품이 되기 십상이라서…."

"조직의 재건이라 하시면…?"

마린이 두 여인을 돌아보며 조심스럽게 물었다.

용옥이 나서서 설명했다.

"노동자들의 정당한 권리를 보호하기 위해 만든 단체 말입니다."

마린이 고개를 기울였다.

"노동자 권리를 보호하는 건 법으로 명시돼 있지 않습니까? 그 뭣이냐, 노동조합 즉 노조 설립도 의무사항이고요."

세 사람이 눈을 동그랗게 뜨고 앳된 여기자를 쳐다보았다. 순간, 마린은 자신이 말실수를 했음을 간파했다. 프록시마에서는 당연시되는 노동자 권익 보호가 여기 헬조선에서는 해당사항 없음이라는 사실이 세 사람의 낯빛에서 확인되는 순간이었다.

"어허! 어느 시대에서 오셨소?"

달헌이 기가 막힌다는 듯 헛웃음을 웃었다. 마린은 가슴이 철렁했다. 대화 몇 마디에 정체가 들키는 것인가, 라는 초조함에 숨조차 멈추었다.

"어느 시대에서 왔겠어요? 잘 먹고 잘사는 경성 시대에서 오셨겠지요."

용옥이 얼굴 벌게진 마린을 놀리듯 대신 대답했다. 하지만 이번만큼은 마린도 능치고 넘길 수가 없었다. 달헌의 눈매에 의심과 경계가 동시에 어렸기 때문이다.

달헌이 고개를 갸웃거리며 말했다.

"노조 설립이 법으로 보장돼 있고 심지어 의무다? 이거 기자님 혼자 생각이오? 아니면 그렇게 생각하는 단체가 또 있소?"

마린은 자세를 고쳐 앉으며 정색을 했다.

"제가 아직 사회 초년생에 수습 딱지를 못 뗀 병아리 기자이긴

하지만 제 나름대로 소견은 있을 수 있지 않습니까. 제 상식으로는 노조 설립이 합법이고 노동자들의 권리라고 알고 있습니다. 저와 같은 생각을 가진 단체는 아직 못 만나 봤지만요."

달헌이 물었다.

"동광 기자라고 하지 않았소?"

마린이 대답했다.

"예. 그런데요?"

"동광이라면 민족주의 계열의 문예 잡지 아닙니까? 내가 오랫동안 러시아에서 유학 생활을 하느라 조선 내 출판 동향에 좀 어둡기는 하오만. 거기는 어느 정도 보수 편향된 언론이라고 알려져 있는데 말이오."

달헌이 말을 잠깐 끊고 마린을 쳐다보았다. 마린은 눈 하나 깜짝하지 않고 눈 겨루기를 했다. 이대로 밀렸다간 정말 끝장일 것 같았다. 마린이 꿈쩍도 하지 않자 달헌이 말을 맺었다.

"소속사가 어디든 사상에는 개인의 자유가 있다고 생각하는데요."

마린이 당차게 대답했다.

"거기에 소속된 기자가 이런 급진적 사상의 소유자일 줄이야."

달헌은 용옥과 주룡을 번갈아 보며 고개를 끄덕였다. 동의와 호응을 구하는 고갯짓이었다.

"노동조합 설립이 상식이라고 생각하는 게 급진적이라…."

마린이 말끝을 흐렸다. 달헌이 혼잣말로 중얼거리는 마린을 쳐다봤다.

"그렇다면 우리 적색노조에 대해선 어떻게 생각하시오? 작금의 현실은 노조 설립은 거의 불법인 데다 특히나 사회주의사상을 배경으로 하는 노동조합은 탄압의 대상인데."

마린은 '적색노조'라는 단어에서 막혔다. 하는 수 없이 머리를 쓸어 넘기는 척하며 머리핀에 살짝 손을 댔다.

"정달헌 씨의 설명대로입니다. 러시아 볼셰비키혁명 이후 세계적으로 전파되기 시작한 사회주의 사상에 기초한 노동운동의 작은 단위가 적색노조입니다. 빅데이터에도 이십 세기 한국사에 대한 자료가 거의 없다시피 해서 정확한 해석은 어렵지만, 적색이란 공산당을 상징하는 붉은색을 일컫는 단어로 파악됩니다."

마린은 빠르게 넘어가는 카이의 설명을 놓치지 않으려 눈을 부릅떴다. 이 모습을 유심히 바라보던 달헌이 마린 눈앞에 손을 휘휘 내저었다.

"제가 너무 까다로운 질문을 했나요? 표정이 너무 심각해서 두고 보기 민망합니다그려."

마린이 퍼뜩 정신을 차리고 웃어 보였다.

"까다로운 질문이라기보다는 저를 떠보시려고 던진 물음 같아서요. 뭐라 받아쳐야 할지 궁리 중이었어요."

마린의 날카로운 눈과 달헌의 차가운 눈이 허공에서 부딪혔다.

"그런가요?"

"예, 물어보고 자시고 할 것도 없는 문제 아닌가요? 탄압 대상이라면 우리 조선 사람들에겐 이득이 되는 일이겠지요. 그것도 힘없고 가난한 노동자들을 위해서라면요."

마린이 담담하게 대답하자 달헌의 표정이 풀렸다.

"아이고, 제가 기자님께 실례를 범했나 보군요. 요즘 제가 사면초가에 몰려 있어 신경이 날카로운 탓입니다. 이해하십시오."

용옥이 거들었다.

"사방에 우리를 감시하고 잡아 가두려는 일제 앞잡이들만 득실거리니 무리도 아니지요. 기자님께서도 이해해 주실 거예요. 그죠?"

'일제?'

그렇다면 1930년대 한반도는 실제로 일본의 식민지였단 말인가? 마린은 뜻밖의 정보에 촉각이 곤두섰다. 하지만 둘러앉은 사람들에게 확인할 수는 없는 노릇이었다. 마린은 주룡과의 만남이 끝나는 대로 신문을 구해 보기로 마음먹었다. 신문이라면 그 어떤 물건보다 시대성이 확실한 매체다. 그리고 20세기는 신문의 최고 전성기였다고 역사에 기록돼 있다.

"그나저나 강 동지 대담하러 오신 분을 엉뚱한 사람이 붙잡고 있었네요."

달헌은 이 말과 함께 일어섰다.

"벌써 가시게요?"

주룡이 기운 없는 목소리로 아쉬움을 나타냈다.

"강 동지 차도가 어떤지 궁금해서 잠시 들렀소. 저 같은 사람이 오래 머물러 봤자 도움도 안 되고."

달헌은 주룡에게 얼른 몸을 추스르라는 인사를 남기고 움막을 나갔다. 용옥이 일어서 뒤따라 나갔다.

성큼성큼 걸음을 내딛던 달헌이 우뚝 서서 주룡의 움막 쪽을 살폈다. 그리고 뒤따라 선 용옥의 팔뚝을 잡아당겼다.

"저 정 기자란 사람 주시하시오."

"예?"

용옥이 흠칫 놀라 되묻자 달헌이 목소리를 더 낮추었다.

"동광 잡지에 정마린이란 기자가 있는지 내 따로 알아볼 테니 조 동지도 긴장 늦추지 말고 감시하란 말이오."

용옥은 더 대꾸할 엄두도 내지 못하고 고개를 끄덕였다.

"잘 알겠습니다."

용옥이 굳은 목소리로 대답하자 달헌이 돌아섰다.

용옥은 고갯길을 내려가는 달헌의 뒷모습을 바라보며 중얼거렸다.

"정 동지의 철두철미함이야 배워야 할 귀감이지만 사람이 사람을 못 믿는 이 시대는 참으로 서글프구나."

용옥은 멀어지는 달헌을 멍하니 보고 있다 아차, 하며 손뼉을 쳤다.

"이러다 지각하겠는걸."

용옥은 서둘러 움막 안으로 들어갔다.

"주룽 언니, 저도 이만 출근할 시간이 돼서요."

"가 보게?"

"응. 이따 저녁 때 들를게요."

용옥은 마린에게 짤막한 인사를 건네고 움막을 나갔다.

주룽이 용옥이 나간 거적문을 바라보며 말했다.

"용옥이도 대단한 처자예요."

마린이 네, 하고 이어질 말을 기다렸다.

"저이가 저래 봬도 평양여고보를 다니던 인텔리랍니다."

주룽의 설명은 이랬다. 조용옥은 지금 나이가 스물둘, 한창 꽃다운 시절이었다. 가난한 집안에서 태어나 혼자서 공부하겠다고 평양까지 올라와 제 힘으로 여학교에 입학해 공부를 했다. 하지만 고학도 역부족, 결국 자퇴를 하고 공장에 취직을 했다.

"언제든 학비가 모이면 다시 공부를 시작하겠다고 벼르는 당찬 아이예요. 근우회 회원이기도 하고요."

마린은 근우회란 단어가 궁금해졌다. 그러나 주룽에게 곧바로 무슨 단체냐고 물을 수가 없었다. 알 수 없는 예감이었지만 근우회라는 단체까지 모른다면 정말 이 시대의 기자가 아니란 사실이 들통 날 것 같았다. 마린이 참을성 있게 주룽의 입을 쳐다보았다.

"나 같은 무식쟁이야 잘 모르지만 근우회가 여자들의 처우 개선을 위해 힘쓰는 단체라는 것 정도는 알고 있다오. 뜻있는 남자들이 신간회에 가입해 구국 활동을 한다면 여자는 근우회에서 일한다고 들었어요. 혹시 기자님도 근우회 회원이십니까?"

"아니요. 전 기자 신분이라 중립적인 입장을 가져야 하기에 어디 소속돼 있는 단체는 없어요."

마린은 헬조선이란 암울한 나라에 그런 희망적인 조직이 있다는 사실이 신기했다. 게다가 마치 마린의 답답함이나 풀어 줄 듯 상세하게 설명해 주는 주룡이 미더웠다.

"용옥 씨는 아까 을밀대에서 처음 만날 때부터 알아봤어요. 아주 당차고 생각 있는 사람이라는 걸요."

마린이 거드는 소리를 하자 주룡이 고개를 끄덕였다.

"내 비록 오늘 죽을지 내일 죽을지 알 수 없으나 뒤에 저런 후배를 남겨 놓고 간다고 생각하면 억울하지만은 않다오."

"아이, 왜 그런 약한 말씀을 하세요. 그러지 마시고 지나온 생에 대해서 이야기 좀 해 주세요."

마린이 간절한 말투로 청하자 주룡은 움푹 팬 볼에 힘없는 미소를 실었다. 마린은 어색한 침묵이 계속되자 다시 한 번 웃었으나 주룡은 그저 똑같았다. 그러다 잠시 후, 한숨을 섞어 이렇게 내뱉었다.

"썩어 가는 짚신짝 같은 사람한테 들을 이야기가 무에 있겠소."

마린은 썩어 가는 짚신짝이 어떤 모습인지 본 적이 없었다. 다만 곰팡이 냄새와 지린내가 묘하게 뒤섞인 움막, 그리고 그 속에 병들어 누운 주룽, 모두가 썩어 들어가는 무언가 같긴 같았다.

마린이 안타까운 목소리로 달렸다.

"왜 그렇게 말씀하세요."

주룽은 달관한 미소로 마린을 더 쳐다보다 천천히 이야기를 시작했다.

고무공장 큰 애기

기자님이 하도 졸라 대니 내 이야기해 주리다. 하지만 뭐 재밌을 것도 흥겨울 것도 없는 얘기니 그런 줄 알고 들어 봐요.

　고무공장에 다니기 시작한 게 그러니까 1926년이구먼. 평양 고무공장에 다니기 다섯 해 전, 생때같은 남편을 창졸간에 잃고 시집에서 살인자 누명까지 썼지요. 하도 기가 막혀 경찰서 철창 안에서 일주일이나 아무것도 먹지 않고 버텼어요. 난 나보다 다섯 살이나 어린 남편을 살려 보겠다고 손가락까지 베어 피를 낸 사람인걸. 사랑하는 남편을 죽이고 청상과부가 돼 얻는 게 무엇이 있는데? 일주일 동안 물 한 모금 안 넘기고 무죄를 주장했지요. 그랬더니 왜경들이 내가 철창 안에서 죽기나 할까 봐 그만 풀어 주고 말았어요. 생각해 보면 그때가 내 첫 단식투쟁이었어요. 나처럼 배운 것도 없고, 돈도 없고, 아는 사람도 없는 아낙네가 할 수 있는 싸움은 그런 게 전부라오.

경찰서에서 풀려 나와 친정으로 돌아갔어요. 하지만 친정이라고 뾰족한 수가 있나. 거기다 친정 형편은 내가 시집갈 때보다 훨씬 더 어려워져 있었죠. 그래서 난 무작정 평양으로 나왔어요. 뭐라도 해서 돈을 벌어 친정에 부쳐 줘야 했거든. 고무신을 만드는 고무공장 여공이 된 것이 그 즈음이었어요.

일이야 말도 못 하게 고됐지만 월급을 타서 친정으로 보낼 때는 마음이 뿌듯하더이다. 남편을 따라 독립군 부대 생활을 할 때도 마찬가지였어요. 열다섯 먹은 남편이 독립군이 되겠다고 나서기에 그 길로 쫓아서 부대에 들어갔었거든요. 나 같은 아낙이 할 수 있는 일이란 군인들 뒷수발이 전부였다오. 하지만 난 하루 종일 궁둥이 붙일 짬도 없이 일을 하고도 잠을 줄여 가며 군복 바느질을 했어요. 그래도 힘든 줄 몰랐지. 힘들기는커녕 신바람이 났다면 믿을라나? 나라의 독립을 위해 허드렛일이나마 해내니 그제야 비로소 내가 세상에 태어나 한몫하는 사람으로 대접받는 기분이 들었어요.

공장에서 일한 월급을 고향으로 부칠 때도 똑같은 마음이 들었고요. 뭐? 과부가 된 큰딸 월급을 꼬박꼬박 받던 친정 식구들은 지금 어디 있냐고? 아이고, 여보시오. 감옥살이하고 나와 다 죽어 가는 과부 옆을 지킬 사람이 어디 있겠소. 친정 식구들과 연락을 끊은 건 바로 나라오. 내 투쟁 이력이 혹여나 고향 식구들에게 해를 끼치지 않을까 그게 걱정이지.

하여튼 공장에는 꼬박 다섯 해가 넘도록 다녔어요. 지금 서른이니 스물다섯부터 고무신 밑창을 붙이기 시작한 거지.

잠깐! 아까 기자님이 궁금한 게 이 사진이라고 했지요? 그럼 고단한 공장 생활 얘기는 생략하고 바로 1931년 5월 29일 새벽으로 건너뛰자고요.

아무런 이야기도 없이 일방적으로 월급이 깎이게 되니 가만있을 사람이 어디 있나. 가뜩이나 박봉이라 차비에 점심 값조차 아끼려고 걸어서 출퇴근하고 굶기를 밥 먹듯 하는 우리 여공들이구먼. 파업이 안 통하고 단식투쟁도 소용없었어요. 오히려 단식투쟁을 시작하자 경찰이 공장으로 들이닥쳤지 뭐예요.

공장에서 나이로 보나 근무 연수로 보나 내가 선배 축에 들지요. 거기다 노동조합에서도 간부였으니 뭘 해도 내가 앞장서야 맞는 거 아니겠소. 경찰들이 새벽 1시에 들이닥쳐 우리 파업 동지들을 공장에서 개 몰 듯 쫓아냈어요. 다들 길거리로 내쫓겨 벌벌 떨며 울다가 삼삼오오 헤어졌소. 더러는 집으로 가고 더러는 근처 여인숙으로 가고, 말도 아니었소. 그 모습을 보자니 기가 막혀 눈이 뒤집히더이다. 그래서 처음에는 나 하나 죽어서 세상에 분한 사정을 알릴 수만 있다면 소원이 없겠다 싶어서 을밀대로 올라간 거예요. 갈 때 광목 한 필을 구해서 말이오. 보란 듯이 목을 매 죽어 버리려고요. 을밀대 곁에 선 벚나무 가지에 흰 천을 걸어 놓고 그 앞에 서 있자니 살아온 30년 세월이 주마등처럼 눈앞을 스칩디다.

기왕에 죽기로 작정한 터라 구차한 미련은 없었어요. 한세상 살다 가기는 누구나 마찬가지니까요. 그래서 동그랗게 묶은 광목 고리에 목을 걸었는데 문득 이런 생각이 들지 뭐예요. 이대로 죽는다면 많은 사람들이 내가 왜 죽었는지 제대로 알 수나 있을까, 하고요. 죽을 때 죽더라도 우리가 왜 싸우는지 알리고나 죽어야지, 하는 생각이 들어 천을 붙잡고 이리저리 두리번거리는데 컴컴한 어둠 저편으로 을밀대 지붕이 보이지 않겠소. 순간 번쩍하더라고요. 옳다, 죽더라도 저 위에 올라가 평원고무공장 여공들이 왜 싸우는지, 그리고 우리가 받았던 학대와 횡포를 마음껏 외치고 죽자! 마음을 바꾼 거지요.

그런데 좀 곤란합디다. 사다리도 없고 도와줄 사람도 없는데 저 높은 누각 지붕 위로 어떻게 올라가나 하고요. 결국 목을 매 죽으려던 광목천 한끝에 묵직한 돌을 매달아서 지붕 한 귀퉁이 너머로 던져 넘겼지요. 그 늘어진 천을 붙잡고 을밀대 지붕 위로 기어올랐다오. 막상 기와지붕 위에 서니 발밑이 아득하고 온몸이 벌벌 떨리더이다. 태어나서 그렇게 높은 곳에 오르기는 처음이니 무리도 아니지. 새벽이슬이 치마저고리를 적셔 등골은 서늘해지고. 그래서 늘어진 광목을 걷어 올려 몸에 친친 감았어요. 그리고 잠깐 생각에 빠졌다가 까무룩 잠이 들었다오. 단식투쟁으로 이틀을 굶고 일본 경찰들과 몸싸움을 벌이다 새벽에 공장에서 쫓겨났으니 고단할 만도 하지요?

동틀 새벽이 되니까 을밀대 아래로 행인들이 지나치다 지붕 위에 있는 나를 보게 되지 않겠어요. 사람들은 구경거리나 난 듯 금세 모여들었지요. 지붕 아래서 와글와글 떠드는 소리에 잠이 깼다오. 을밀대 누각 아래 부글부글 모인 사람들을 보니 '이때다!' 싶더군요. 그래서 모여든 사람들을 상대로 연설을 시작했다오.

"조선 남성 노동자의 임금은 일본 남성 노동자 임금의 절반 수준입니다. 우리 조선 여성 노동자의 임금은 또 조선 남성 노동자 임금의 절반 수준입니다. 일본 남성 노동자가 한 달에 십 원을 받는다면 우리는 겨우 이원 오십 전 받는 겁니다. 임금을 사분의 일만 받으면 일도 사분의 일만 해야 옳겠지요, 여러분? 그런데 이거 아십니까? 우리 고무공장 여공들은 하루에 열다섯 시간 이상을 일해야 합니다. 눈 따가운 고무 냄새와 수증기 열기가 푹푹 찌는 작업장에서 쉬는 시간도 없이 꼬박 열다섯 시간을 버팁니다. 그러다 혹시 불량품이라도 생기면 고스란히 우리가 벌금을 물어야 합니다. 그것도 모자라 이제는 회사 측에서 일방적으로 통보한 임금 삭감을 당하게 생겼습니다. 가뜩이나 적은 임금에서 또 깎이면 저희는 살 수가 없습니다. 도시락 싸고 전차비 내기에도 빠듯한 그 임금마저 깎이면 저희는 죽는 길밖에 없습니다, 여러분!"

내 입에서 그런 말들이 청산유수처럼 쏟아지다니! 말을 하고 있는 도중에도 스스로가 믿기지 않았어요.

누각 아래 모여든 사람들은 미동도 않고 내 연설에 귀를 기울였어요. 마치 솜씨 좋은 선동가에게 매혹된 것처럼 나를 올려다봅니다. 난 그들 한 사람 한 사람의 눈을 바라보며 말을 이어 나갔다오.

"우리는 마흔아홉 명 파업단의 임금 감하를 크게 여기지는 않습니다. 이것은 결국 평양의 이천삼백 명 고무공장 직공의 임금 감하의 원인이 될 것이므로 우리는 죽기로써 반대하려 하는 것입니다. 이천삼백 명 우리 동무의 살이 깎이지 않기 위해 내 한 몸뚱이가 죽는 것은 아깝지 않습니다. 내가 배워 아는 것 중에 대중을 위해서는 (중략) 명예스러운 일이라는 것이 가장 큰 지식입니다. 이래서 나는 죽음을 각오하고 이 지붕 위에 올라왔습니다. 나는 평원고무 사장이 이 앞에 와서 임금 감하 선언을 취소하기 전까지는 결코 내려가지 않겠습니다. 끝까지 임금 감하를 취소하지 않으면 나는 자본가의 (중략)하는 근로 대중을 대표해 죽음을 명예로 알 뿐입니다. 그러하고 여러분, 구태여 나를 여기서 강제로 끌어낼 생각은 마십시오. 누구든지 이 지붕 위에 사다리를 대 놓기만 하면 나는 곧 떨어져 죽을 뿐입니다."*

* 강주룡이 실제 연설했던 내용

진실 혹은 대담

헬조선 원정대 1차 탐사 보고서

- 짤방: 을밀대라는 현판이 걸린 지붕 위에 앉아 있는 여인
- 날짜: 지구력 서기 1932년 8월 10일
- 장소: 평양 서성리 빈민굴 68-28호
- 탐사 내용: 1931년 5월 29일 새벽, 평양시 중구역 경산동 금수산에 위치한 누각 을밀대 지붕 위에서 헬조선 최초의 고공농성 1인 시위가 벌어졌다. 농성의 주인공은 평원고무공장 노동자 파업 투쟁의 지도자 강주룡(당시 30세)이었다. 짤방에 나오는 여성의 신분이 바로 이 강주룡임을 당사자를 만나 직접 확인했다.

여기까지 보고서를 쓰던 마린이 손을 멈추고 긴 한숨을 내쉬었다. 날은 벌써 어둑해진 지 오래였다. 주룡의 움막을 드나든 지 닷새째, 마린은 주룡이 힘겹게 해 주는 이야기를 들으며 떠오르던 생

각들을 정리하느라 잠시 머리를 들었다. 천장 위에 대롱거리는 주황빛 전구가 눈에 들어왔다. 닷새 전, 마린은 고심 끝에 남문시장 근처에 여인숙을 잡았다. 마린은 날이 밝으면 여인숙을 나와 시장에 가서 주룽에게 먹일 음식과 약을 사서 움막을 찾았다.

마린이 열심히 먹을거리와 약을 사다 날랐지만 주룽은 시나브로 꺼져 가는 촛불처럼 나날이 쇠약해져 갔다. 가져간 죽과 약 혹은 다른 먹을거리를 제대로 넘기지 못하고 까부라지기 일쑤였다. 그런 그녀가 지난 1년간 지내 왔던 일들을 얘기할 때만은 꼿꼿했다. 신명나게 이야기를 펼치는 주룽의 눈에는 매번 광채가 흘렀다. 물론 한 시간도 채우지 못하고 기진해 다시 눕기를 반복했지만 마린이 돌아갈 때까지 주룽은 푸석한 얼굴에 희미한 웃음을 실었다. 마린은 그런 주룽이 안타까웠다. 괜한 불청객이 병자의 진을 빼는 거 아닐까 하는 죄책감이 들 정도였다.

"무슨 그런 섭섭한 소리를! 기자님 덕분에 내 보잘것없는 일생이 기록으로 남게 되잖아요. 내가 죽기 전에 누구에게든 이 이야기를 꼭 남기고 싶었다오. 그 기도가 효험이 있어서 기자님이 움막으로 찾아온 게 아닌가 싶소."

주룽의 말이 마린의 가슴을 파고들었다. 마린은 여인숙으로 돌아와 홀로 누울 때마다 주룽의 일생이 영화처럼 눈앞에 펼쳐지는 듯했다.

엿새째 되는 날, 용옥이 여관으로 찾아왔다. 풋 복숭아 몇 알을 들고 온 그녀가 감탄을 늘어놓았다.

"정말 취재에 열심이시네요. 근데 이런 누추한 곳에 계셔도 괜찮으세요?"

"주룡 씨가 누워 계신 곳에 비하면 송구스러울 따름이죠."

마린이 대답하자 용옥이 빙긋 웃었다.

"저는 인텔리겐치아들은 모두 몰인정하고 이기적인 줄만 알았어요. 헌데 유산계급 중에도 기자님처럼 인간미 넘치는 사람도 있었네요."

"자꾸 그렇게 말하지 말아요. 섭섭해요."

마린이 넉살 좋게 받아치자 용옥이 씻어 온 복숭아를 건넸다. 두 사람은 침이 고이게 신 복숭아를 아작아작 먹으며 담소를 나누었다.

"혹시 용옥 씨는 을밀대 고공농성 이후의 일들을 아시나요?"

마린의 물음에 용옥이 고개를 끄덕였다.

한여름의 땡볕이 쏟아지는 8월의 오후, 방 창문으로 들어오는 매미 소리를 들으며 용옥은 주룡의 나머지 싸움에 대해 이야기했다. 용옥은 주룡의 활약상을 상세히 알고 있었다.

주룡이 을밀대 지붕 위에서 농성을 벌인 시간은 채 열두 시간이 되지 않았다. 신고를 받고 출동한 일본 경찰이 을밀대를 에워쌌다. 소방대 사다리까지 동원한 그들은 주룡이 완강히 버티는 사이 몰래 지붕 위로 올라왔다. 그리고 미리 땅 위에 펼쳐진 그물 아래로 주룡을 밀어 떨어트렸다. 주룡은 그물 위로 떨어지며 기절하고 말았다.

그 이후의 활약은 보통 사람을 뛰어넘는 초인적인 것이었다. 경찰서에서의 단식투쟁과 석방 이후의 파업 활동은 결국 회사 측의 임금 삭감 계획을 무산시키는 성과를 냈다. 파업하던 여공 중 절반이 다시 채용되고 임금은 종전대로 지급하기로 약속을 받아 냈다.

겉으로 봐서는 성공이었다. 평원고무공장의 여공들은 자신들의 생존권을 지켜 낸 것이었다. 그러나 주룡은 사정이 달랐다. 그녀는 끝내 다시 채용되지 못하고 직장을 잃어야 했다. 파업이 마무리되고 회사 측과 협상을 매듭지은 다음 날, 주룡은 체포됐다. 평양 지역의 혁명적 노동조합에 참여했다는 죄목이었다.

1년 동안의 감옥 생활로 주룡은 마음과 몸 모두 황폐해졌다. 그리고 1932년 6월 7일 병보석으로 풀려났다. 수감 생활을 버틸 수 없이 몸이 망가진 것이었다. 파업이 성공하고 딱 1년만의 일이었다.

하루 종일 이글거렸던 태양이 서산으로 뉘엿뉘엿 지고 있었다. 이제 남은 시간은 고작 하루, 마린의 탐사 업무도 슬슬 마무리를 지을 시간이었다.

마린은 하루 종일 여인숙 방에 앉아 보고서를 작성했다. 2017년 서울에 불시착해 만났던 두 아저씨에 대한 보고도 빼놓지 않았다. 며칠 동안 틈틈이 적어 놓은 분량이 꽤 됐다. 마린은 작성한 보고서를 홀로그램으로 띄워 다시 읽어 보았다.

"휴, 이 정도면 빠트린 것 없이 모두 적었겠지?"

마린이 카이를 불렀다.

"카이, 이 보고서를 원정대 본부로 전송해 줘."

말이 끝나자마자 머리핀에서 딩동 하는 신호음이 들리며 시계 위로 홀로그램이 떴다. 오래만에 카이의 모습이 보였다. 마린이 반가운 마음에 물었다.

"전송 성공인가?"

카이가 대답했다.

"시공간을 뛰어넘는 일이라 시간이 오 분 이상 걸릴 예정입니다. 보고서 분량도 꽤 되는 만큼 확인하고 알려드리겠습니다."

"알았어."

마린이 시계 단추를 눌러 홀로그램을 끄려는데 갑자기 방문이 벌컥 열렸다. 마린이 깜짝 놀라 쳐다보니 정달헌이 저승사자 같은 얼굴을 하고 서 있었다.

"내 이럴 줄 알았지!"

"어머, 깜짝이야! 웬일이세요?"

마린이 일어서려는데 달헌이 방으로 들이닥쳤다. 구두도 벗지 않은 채였다.

"뭐하는 짓이에요?"

마린이 발끈하며 달헌을 막아섰지만 그는 마린의 어깨를 잡아채 움켜쥐었다. 마치 달아나려는 도둑의 뒷덜미를 잡는 모양새였다.

"방금 그거 뭐야? 무슨 도깨비불 같은 거!"

마린은 순간 등골이 서늘했다. 달헌이 홀로그램을 본 게 틀림없었다. 종이조차 귀한 이 시대에 홀로그램을 뭐라고 둘러댈 수 있을 것인가? 아무리 임기응변에 능한 마린이지만 이 순간만큼은 눈앞이 캄캄해졌다. 마린이 당황해서 몸이 굳는데 달헌은 확신에 찬 듯 목소리를 높였다.

"동지들, 여기 더러운 프락치가 있소. 데려갑시다!"

마린은 달헌의 등 뒤를 쳐다봤다. 방문 밖에 검은 복장의 사내 둘이 버티고 서 있었다. 그들은 달헌의 명령이 떨어지자마자 방으로 들이닥쳐 마린의 양팔을 붙들었다. 원피스 방어복을 입었으니 사내들의 주먹질은 아무 소용이 없을 것이다. 하지만 방어복은 말 그대로 방어복일 뿐이었다. 물리적 충격은 철저히 방어해 주었지만 두 팔과 몸을 붙잡고 늘어지는 것은 뿌리칠 수가 없었다. 마린은 이대로 호신술을 이용해 세 남자를 때려눕혀야 할지, 어떨지 갈등했다.

마린이 우물쭈물하는 사이 뒤에 서 있던 달헌이 마린의 뒷머리를 당수로 내리쳤다. 원피스가 미처 방어하지 못하는 아킬레스건이 바로 머리였다. 마린은 순식간에 정신을 잃었다. 동시에 머리에 꽂혀 있던 머리핀이 방바닥으로 나뒹굴었다.

달헌은 마린이 늘어지자 숨을 쉬는지만 확인하고 두 사내에게 눈짓을 했다. 두 사내는 익숙하고 신속한 몸짓으로 마린에게 커다란 벙거지를 씌우고 방밖으로 끌고 나갔다. 세 남자는 여인숙 앞에 대기시켜 놓은 인력거에 마린을 밀어 넣었다. 인력거는 휘장을 늘어트리자마자 어둠 속으로 사라졌다. 삽시간의 일이었다. 여인숙 주인 영감이 뒤늦게 나와 마린의 방을 들여다보았다. 하지만 구두 발자국만 난무한 방 안은 이미 텅 빈 후였다. 방바닥에 떨어진 머리핀이 작고 빨간 불빛을 깜빡거리고 있었지만 무심하고 둔한 영감의 눈에는 띄지 않았다.

한밤중 평양 거리를 가로질러 달린 인력거가 골목골목을 지나 어느 허름한 벽돌건물 앞에 섰다. 인력거꾼이 나무로 된 문을 네 번 벅벅 긁었다. 그러자 곧 문이 열리고 단발머리 여자 하나가 머리를 내밀었다. 용옥이었다.

"정 위원장이 보낸 소포요."

용옥은 골목을 이리저리 살피더니 고개를 끄덕였다. 그 모습을 신호로 인력거꾼이 뒤에 실린 마린을 어깨에 걸쳐 메고 문안으로 쑥 들어갔다. 뒤따르던 용옥이 늘어진 마린의 머리 위에 쓰인 벙거지를 살짝 들어올렸다.

"어머!"

용옥은 마린의 얼굴을 확인하자 화들짝 놀랐지만 곧 호흡을 가다듬고 조용히 말했다.

"살살 다뤄 주세요. 깨지기 쉬운 소포예요."

인력거꾼은 용옥의 말을 들었는지 말았는지 복도 끝에 난 계단을 척척 내려갈 뿐이었다.

얼마가 지났을까. 마린이 정신을 차리고 천천히 눈을 떴다.

"아, 머리야."

고개를 들 수 없을 정도로 골치와 뒷목이 아파 왔다. 하지만 그
게 문제가 아니었다. 마린은 나무 의자에 팔다리가 꽁꽁 묶여 있었
다. 마린이 온몸을 뒤틀었다. 그러면서 주위를 둘러보았다. 하지만
눈이 부셔 제대로 뜰 수가 없었다. 마린 얼굴 앞으로 눈부신 백열
전구가 고정돼 빛을 쏘아대고 있었다. 그 이외에는 사물을 분간하
기 어려운 어둠만 가득 차 있었다. 그 어둠 속에 사람 몇이 이쪽을
보고 서 있는 형태만 어렴풋이 보였다.

마린은 심장이 얼어붙을 듯 공포에 휩싸였다.

"여기가 어디예요? 당신들 누굽니까?"

누군가 한 사람이 앞으로 나섰다. 마린이 실눈을 뜨고 가만히
노려보았다.

"앗! 용옥 씨!"

용옥은 마린이 놀라며 꿈틀거리자 뒤를 돌아보며 말했다.

"연약한 처자를 이렇게 꽁꽁 묶어 놓을 필요 없잖아요. 손이라
도 풀어 주지요."

용옥의 말에 한 남자가 앞으로 다가왔다. 달헌이었다. 용옥은 다
시 한 번 똑같은 소리를 했다. 그러자 달헌이 잠깐 미간을 찌푸리
더니 턱짓을 했다. 아까 납치했던 남자가 나서서 마린의 손에 묶인

줄을 풀었다.

"도대체 지금 뭐하는 거예요?"

마린이 기가 막혀 벌벌 떨리는 소리로 물었다. 입술이 다 타서 하얗게 변한 걸 혀로 훑어 가며 숨을 몰아쉬었다.

용옥이 안쓰러운 눈빛으로 마린을 보았다.

"저기, 기자님. 동광 잡지에 소속된 거 맞으세요?"

그 말에 마린이 얼어붙었다.

달헌이 코웃음을 쳤다.

"기자? 이봐! 우릴 뭐로 보고 그런 얄팍한 거짓말을 한 거지? 주룡 동지에게 뭘 캐내려고 접근한 거야?"

마린은 겁에 질린 얼굴로 용옥을 바라봤다.

"위원장님이 잡지사에 알아봤는데 그런 이름의 기자는 없다고 했대요. 그리고 강주룡 선배의 대담 기사를 기획한 적도 없고요."

마린의 눈앞이 캄캄해졌다.

"저, 그게 그…."

마린은 본능적으로 오른쪽 머리를 만졌다. 그러다 다시 한 번 흡, 하고 숨을 들이쉬었다. 귀 옆에 꽂혀 있어야 할 머리핀이 없었다. 그 모습을 노려보던 달헌이 한쪽에 있던 의자를 끌고 와 마린 앞에 앉았다.

"자, 이제 이실직고하시지. 누구냐? 널 우리 조직으로 잠입시킨 게? 총독부야? 고무공업동업회냐? 그것도 아님 경찰 끄나풀인가?"

마린은 입을 꾹 다물었다. 지금은 뭐라고 대답을 해도 정체가 발각되는 데 도움만 될 뿐이었다.

달헌이 다시 다그쳤다.

"지독한 여자군. 하긴 주룡 동지 움막에서 처음 봤을 때 알아봤지. 도무지 이 시대 여자라고 하기엔 너무 당돌하고 빈틈이 없었단 말이야. 여기자라는 것부터가 희귀한 일인데 다 죽어 가는 고무공장 여공을 찾아와 약에다 밥에다 무슨 인심이 그렇게 좋은가 싶었다. 게다가 며칠씩 들러붙어서 온갖 이야기를 다 듣고. 너 아까 그이상한 도깨비불 같은 건 도대체 뭐냐? 우리 조직의 비밀을 어디다 밀고하려고 그런 요상한 마술까지 동원하는 거야!"

뒤에 서 있던 남자 둘이 번갈아 덧붙였다.

"지독한 왜놈들! 조선 노동자들을 괴멸시킬 작전을 짜려고 별수를 다 쓰는 모양입니다."

"취조고 뭐고 다 필요 없습니다. 당장 저 여자 입을 막아 버립시다. 놈들한테 본때를 보이자고요!"

그 말에 마린이 소스라치게 놀라며 대답했다.

"난 일본 경찰의 앞잡이나 정보원이 아니에요. 오해를 살 상황이지만 이 말만은 믿어 주세요. 전 여러분 편입니다."

그러나 마린의 외침은 지하실 허공을 맴돌다 사라질 뿐이었다.

"지금 그 말을 믿으라고 하는 소리냐? 아직도 우리를 너무 쉽게 보고 있군."

달헌은 자리에서 일어나 지하실 구석에 놓인 각목을 집어 들었다. 그 모습을 보고 있던 용옥이 나섰다.

"위원장님! 뭐하시려고 그러세요?"

"보면 모르나. 어떡하든 자백을 받아 내야지."

달헌은 각목을 꼬나 쥐고 마린에게 한 걸음씩 다가왔다. 마린은 매서운 얼굴로 달헌을 노려보았다. 용옥이 그런 마린 앞을 막아서며 외쳤다.

"그러지 마세요. 말로 해도 되잖아요. 여공들의 생존권과 노동권을 위해 투쟁하는 우리들이에요. 이렇게 고문을 통해 자백을 받아 낸다면 뭐가 다른 거죠? 우리가 저 간악한 왜놈들과 뭐가 다르냐고요!"

사내 하나가 대답했다.

"저런 일제의 앞잡이한테는 똑같이 취급해 주는 게 예의다. 우리 조선인들을 고문과 폭압으로 괴롭히는 왜놈, 그들의 끄나풀 노릇이나 하는 년은 똑같이 두들겨 패 줘야 한다고!"

용옥이 두 팔을 번쩍 들며 버티고 섰다.

"우리는 저들과 다르다고 몇 번씩이나 주장하지 않았어요! 우리는 저들과는 달라야 한다고요!"

"아니! 인민과 노동자들의 고혈을 빠는 악귀들은 지옥의 법으로 다스리는 게 맞아!"

달헌이 소리치며 용옥을 밀쳐 냈다.

용옥이 비틀거리다 바닥으로 쓰러졌다. 그러나 곧바로 일어서서 다시 마린 앞을 막아섰다.

"전 아직 모르겠어요. 마린 씨가 동광 잡지 기자가 아닌 건 확실하지만 일제의 프락치라는 사실은 모르겠어요. 제가 며칠 동안 지켜본 마린 씨는 진심으로 주룡 언니를 걱정했어요. 제가 여인숙에 찾아갈 때마다 온통 주룡 언니 걱정뿐이었다고요."

달헌이 비웃음을 날렸다.

"용옥 동지는 너무 순진해. 그게 탈이라고. 세상이 얼마나 비열하고 잔학한지 모르는 거야. 근데 조금만 기다려. 내가 저 끄나풀년이 술술 자백을 하도록 만들 테니까. 그때 가서 놀라지 않게 마음이나 굳게 먹으라고."

다른 사내가 거들었다.

"용옥이는 빠져. 같은 여자라고 덮어놓고 편들지 말고!"

용옥은 세 남자에게 밀려 당장이라도 지하실에서 쫓겨날 형국이었다. 한 사내가 용옥의 팔을 잡았다. 용옥은 거세게 팔을 뿌리치며 말했다.

"마린 씨! 뭐라고 말 좀 해 봐요. 마린 씨 정체가 뭐지요? 정말 프락치 짓거리 하려고 주룡 언니에게 접근한 거예요? 아니잖아요. 난 마린 씨가 주룡 언니 걱정할 때 얼굴을 똑똑히 기억해요. 그건 거짓이 아니었어요."

마린의 눈에 눈물이 고였다. 달헌의 말처럼 일제의 *끄*나풀은 아니었다. 고무공장 사장의 앞잡이도 아니었다. 그렇다고 무작정 결백한 것도 아니었다. 원정대 3대 원칙을 지키기 위해서는 또 아무 말이나 거짓으로 둘러대야 했다. 어떤 거짓말이든 자신을 믿고 편을 들어주는 용옥을 속이는 건 매한가지였다.

용옥이 마린을 지키느라 세 남자와 실랑이를 벌였다. 지하실이 소란스러워졌다. 용옥과 남자들은 어느새 마린은 제쳐 두고 자기들끼리 논쟁을 벌이느라 정신이 없었다. 그때, 마린의 조용한 목소리가 들렸다.

"절 그만 조용히 처리하시죠."

그 소리에 네 사람이 우뚝 멈추어 섰다. 마린이 말을 이었다.

"어떤 고문이나 협박에도 할 말은 없습니다. 제가 할 수 있는 자백이란 저 역시 여러분의 편에 서 있는 사람이라는 사실뿐입니다. 하지만 이런 말은 현재 전혀 설득력이 없습니다. 그러니 더 이상 싸우지들 마시고 처분대로 하세요."

마린의 말소리가 어찌나 냉정하고 단호한지 사내 하나는 마른침을 꿀꺽 삼킬 정도였다. 사실 마린은 파견 당시 지급된 방어복을 입고 있었다. 하늘하늘한 원피스로 보여도 그 옷은 어떤 충격이나 공격에도 *끄*떡없이 마린을 지켜 줄 갑옷과도 같은 기능까지 탑재한 최첨단 소재였다. 만약 달헌이 각목으로 마린을 내리치면 막대기가 마린의 몸에 닿기도 전에 튕겨져 나갈 터였다. 지하실에 끌려와 정신을 차릴 때부터 마린은 그 사실을 인지하고 있었다.

그들이 싸우는 동안 마린은 선택을 했고 결정을 내렸다. 보고서는 틀림없이 무사히 프록시마 원정대 본부로 전송될 것이다. 카이의 일처리 솜씨와 원정대 본부 마리우스 박사의 능력을 믿었다. 보고서로서 마린의 원정 임무는 완성된 것이나 마찬가지였다. 타임 슬립을 통해 다시 미래로 돌아가면서 증거가 될 물건을 가져가야 완벽한 임무 완료가 되겠지만 그건 어쩔 수 없는 일이었다. 홀로그램을 띄우고 전송 작업을 할 때 방문을 걸어 잠그지 못한 자신의 탓이었다. 용옥은 몰라도 달헌은 계속 자신을 감시하고 있으리란 것 또한 감지하지 못한 사실 역시 변명의 여지가 없었다. 그렇다고 이들 앞에서 원피스의 도움을 받아 결박을 풀어 버리고 타임 슬립을 해 버린다면…, 주룡이 자신에게 보내던 눈빛이 떠올랐다. 다른 사람은 몰라도 주룡을 속일 수도, 곤란하게 할 수도 없다. 무엇보다 주룡을 실망시키고 싶지 않았다. 마린을 믿고 자신의 인생 전부를 털어놓았던 주룡, 그 꺼져 가는 목숨 앞에 다시 한 번 배신과 충격을 들이밀 수는 없었다.

"단 한 가지 조건이 있어요."

마린이 침착하게 말했다.

"주룡 씨께는 이 모든 상황이 철저히 비밀로 부쳐져야 해요."

달헌이 가소롭다는 듯 입가를 비틀었다.

"프락치 주제에 무슨 꼴난 말이냐?"

마린이 대답했다.

"여기 있는 사람들은 다 아는 사실이지만, 주룡 씨 얼마 남지 않았어요. 그런 분에게 충격을 주고 싶지 않아요."

"흥! 고양이 쥐 생각하는군."

달헌 뒤에 서 있던 사내가 비아냥거렸다.

다른 사내가 뭐라고 하려는데 용옥이 얼른 대답했다.

"주룡 언니 걱정은 마세요. 그보다 먼저⋯."

"곧 죽을 목숨이 말도 많군. 시끄럽다! 네가 이래라저래라 한다고 곱다시 따를 우리가 아니야. 네가 분명 처분대로 하겠다고 했으니 각오는 돼 있는 걸로 알겠다. 자, 동지들! 이년의 뒤부터 밝혀냅시다."

달헌이 용옥의 말을 중간에 끊으며 재촉했다.

마린은 할 말을 마치자 눈을 지그시 감았다. 원정 출발 전 목숨이 위태로울 수도 있다는, 다시 프록시마로 돌아오지 못할 수도 있다는 경고장에 동의하는 서명을 했다. 그보다 먼저 헬조선 원정대의 일원이 된다는 임명장을 받을 때 역시 똑같은 서약서에 서명을 했다. 마린은 지금 목숨이 위태롭다 해도 이미 각오한 일이라는 걸 잊지 않고 있었다. 다만 겨우 첫 번째 원정으로 원정대원의 경력이 마무리 지어진다는 사실이 아쉬울 뿐이었다.

"어디로 가면 됩니까? 제가 조용히 사라지려면요."

마린은 용옥에게 다리와 몸을 묶은 줄을 풀어 달라고 했다. 용옥이 달헌을 잠깐 쳐다보았다. 달헌은 굳은 얼굴로 마린을 쏘아볼 뿐 아무런 기척이 없었다. 용옥은 달헌의 허락이나 지시를 기다리지 않고 마린의 몸에서 줄을 풀어냈다. 세 남자는 용옥이 하는 대로 바라만 볼 뿐 미동도 없었다. 용옥의 단호한 몸짓에 다들 기가 꺾인 눈치였다. 마린이 자리에서 일어섰다.

"앞장서시지요."

마린이 한마디하며 발걸음을 떼자 사내 하나가 마취에서 깬 듯 움찔했다.

"가긴 어딜 간다는 거야! 네 정체를 밝히기 전까지 한 발자국도 못 움직여!"

다른 사내도 끼어들었다.

"네가 매를 피할 심산인 모양인데 어림없다."

마린이 두 사내를 번갈아 쳐다보다 달헌에게 다가갔다. 달헌은 마린이 코앞에 서자 오히려 주춤하며 물러섰다. 마린은 아무 말 없이 달헌 손에 들린 각목을 잡았다. 달헌은 귀신에 홀린 듯 각목을 마린에게 건네주었다.

"앗! 위원장님!"

사내 하나가 소리를 지르며 마린에게 달려들려고 했다. 마린은 손을 들어 사내를 막아 세웠다. 사내가 멈칫하는 동시에 마린이 각목으로 자신의 왼팔을 세게 내리쳤다. 뚝 소리와 함께 막대기가 두 동강이 났다. 그 모습을 본 네 사람이 소스라치게 놀랐다.

"나무토막이 아니라 쇠몽둥이를 가져온대도 소용없어요. 어떤 폭력이나 충격도 제게 영향을 끼치지 못합니다. 물론 여기까지 본 여러분이 저를 순순히 놓아줄 리는 없을 거예요. 저 역시 여러분을 해치고 싶지 않아요. 또 저는 도망칠 생각이 추호도 없습니다. 자, 그러니 어디로 갈까요?"

용옥은 천천히 마린에게 다가와 마린의 왼팔을 이리저리 살펴보았다. 상처는커녕 얇은 원피스 실오라기 하나 다치지 않았다.

"기자님, 이, 이게."

마린은 말을 잇지 못하는 용옥을 보며 빙그레 웃었다.

"다만 한 가지만 부탁합니다. 앞으로 평생토록 저와 만난 일 혹은 목격하신 일은 함구해 주시기 바랍니다. 물론 애길 한다고 믿어 줄 사람이 있을 리도 만무하지만요."

용옥과 세 남자는 서로를 바라보며 어쩔 줄 모르는 표정이 됐다.

달헌이 나섰다.

"죽음이 겁나지 않는다는 뜻이냐?"

마린이 고개를 끄덕였다.

용옥이 그제야 말귀를 알아들었는지 펄쩍 뛰었다.

"죽다니요? 위원장님!"

달헌이 대답했다.

"지금 저 여자는 내게 자신의 비밀과 목숨을 바꾸겠다고 거래를 하는 거야. 우리로서는 저 여자의 목숨보다 우리 조직의 비밀이 더 중요하지. 아까 그 도깨비놀음이 뭔지 알아내야 하겠지만 이대로는 방법이 없다. 어떤 방법으로도 저 입을 열 수는 없을 것 같아."

달헌은 잠시 말을 끊고 팔짱을 꼈다.

"게다가 용옥 동지 말마따나 저 여잔 얘기할 때 묘한 설득력이 있는 걸. 왠지 나도 믿고 싶어져. 우리를 배신한 건 아니라는 그 말이."

달헌은 곁에 서 있는 사내들을 번갈아 보았다.

"하지만 역시 이대로 놓아줄 수는 없다. 우리 조직은 비단 평양에만 국한된 것이 아니니까. 저런 위험 분자를 순순히 놓아주었다는 말이 새나가라도 하면 우리까지 의심받고 곤란해진다. 그러니하는 수 없지. 저 여자 소원대로 해 줄 수밖에."

달헌의 말이 끝나자 두 사내가 마린 양옆으로 섰다. 마치 중요 인사를 호위하는 품새였다. 용옥은 더 이상 말릴 명분을 못 찾겠는지 옆으로 비켜섰다. 마린은 눈을 한번 질끈 감았다 떴다. 각오를 다진 마린이 한마디 내뱉었다.

"어디로 가는 거죠?"

두 남자가 달헌을 쳐다봤다. 달헌이 짤막하게 대답했다.

"두루섬으로 간다."

두루섬이란 평양시를 가로지르는 대동강과 보통강이 만나는 두 물머리에 있는 섬이었다 .세 남자는 용옥의 눈치를 보더니 한쪽으로 몰려가 자기들끼리 속닥거렸다.

"강을 건너자면 나룻배가 있어야 하는데…, 너무 먼 거 아니야?"

"그래도 뒤탈이 없자면 인적이 드문 곳으로."

달헌이 마린을 향해 차갑게 말했다.

"가자."

마린은 대답도 없이 발걸음을 뗐다.

"기자님!"

용옥이 뒤미처 쫓아오며 마린을 불렀다.

마린이 뒤돌아보며 뭐라고 대답하려는데 양쪽에 선 남자들이 막았다.

"용옥 씨는 여기 남아 있으시오."

달헌이 용옥의 앞을 가로막아 서며 턱짓을 했다. 남자들이 마린을 재촉했다.

"주룽 씨께 인사 좀 전해 주세요."

마린이 간신히 한마디 남기고 돌아섰다.

마린과 남자들이 지하실 문 쪽으로 가는데 갑자기 문이 벌컥 열렸다.

문 쪽을 바라보던 마린이 화들짝 놀라 소리쳤다.

"노을아!"

마린은 두 눈을 믿을 수가 없었다. 프록시마 집에 있어야 할 노을이 주룽과 나란히 문 앞에 서 있는 것이었다.

"누나!"

노을이 마린에게 달려들어 얼싸안았다.

"누나 어디 다친 데 없어? 어? 괜찮은 거야?"

노을은 숨이 넘어갈 듯 마린의 몸 여기저기를 살폈다.

마린은 노을의 두 팔을 꽉 잡았다.

"너 어떻게 여기 있니? 어떻게 왔어?"

노을이 뭐라고 대답하려는데 문에 기대 서 있던 주룡이 나섰다.

"위원장님! 정 기자 그냥 돌려보내세요."

주룡의 바윗돌 같은 한마디에 사위가 조용해졌다.

"그게 무슨 말이오. 아니 그보다 강 동지! 여기 어떻게 알고 왔소?"

달헌이 놀란 눈으로 주룡을 쳐다보았다.

주룡은 한 치의 흐트러짐도 없이 같은 목소리로 말했다.

"정마린 기자의 신분은 제가 보장합니다. 그러니 곱게 보내 줍시다."

그 말에 사내 하나가 나섰다.

"강 동지 무슨 말씀입니까? 이 여자는 기자가 아니에요. 제가 다 확인…"

주룡이 말허리를 잘랐다.

"정달헌 위원장! 내가 보장한다고 하는데 아니 되겠소? 날 못 믿겠소?"

병석에 누워 죽을 날만 기다리는 환자에게서 나올 수 있는 목소리가 아니었다. 꼿꼿이 서서 달헌을 겨누어 보며 또박또박 얘기하는 주룡은 그 언젠가 기와지붕 위에서 힘찬 연설을 할 때 그 모습 그대로였다. 적어도 달헌에게는 그렇게 보였다.

강단 있는 그 한마디에 달헌이 물러섰다. 달헌이 물러서자 나머지도 물러섰다.

마린과 노을은 주룡을 부축하고 건물 밖으로 나왔다. 용옥이 뒤쫓아 나오다 걸음을 멈추었다. 나란히 서서 가는 세 사람 사이에 끼어들 염치가 없다고 느낀 탓이었다.

마린은 주룡 왼편에 서서 걷는 노을을 연신 쳐다보았다. 밤길에서 만난 도깨비를 보듯 놀란 눈이었다. 노을은 누나와 몇 번씩 눈이 마주쳤지만 모른 척 외면하고 앞만 보았다.

"노을아, 너 어떻게 왔니? 응? 어떻게 된 거야?"

마린이 궁금함을 견디지 못하고 다시 한 번 물었다.

노을이 발걸음을 멈추었다. 주룡의 왼팔에서 손을 놓은 노을이 마린 앞으로 와서 섰다.

"자세한 얘기는 나중에 집에서 하자. 나 그만 가 봐야 해. 그리고 자, 여기. 누나 머리핀!"

노을은 바람처럼 건너편 골목으로 사라졌다. 주룡을 부축하고 있던 마린은 동생을 불러 세울 짬도 없이 놓치고 말았다. 마린이 노을이 사라진 쪽을 망연자실 바라보고 서 있는데 주룡이 원피스

소매를 잡아당겼다.

"움막으로 돌아갑시다. 가서 마저 얘기하지요."

마린은 꿈에서 깬 듯 눈을 깜빡이며 주룽을 쳐다보았다. 주룽은 마린의 넋 나간 얼굴을 보더니 부드럽게 웃었다. 그리고 지나가던 인력거를 잡아 세웠다. 마린은 주룽을 부축해 인력거에 올라탔다. 두 사람은 주룽의 움막에 다다를 때까지 아무 말이 없었다.

지붕 위의 고무신

새벽하늘이 부옇게 밝아 오기 시작했다. 주룽과 마린은 움막 앞 땅바닥에 거적을 내다 깔고 나란히 앉았다. 8월의 시원함은 이슬이 내리는 첫새벽에 잠깐 부는 바람이 전부였다. 주룽과 마린은 그 선선한 바람을 맞으러 나와 앉았다.

마린은 눈 밑이 푹 꺼지고 입술이 회색으로 갈라진 주룽의 옆얼굴을 바라보았다. 그리고 한참을 망설인 끝에 마른침을 꿀꺽 삼키고 혀끝에서 맴돌던 말을 꺼내 놓았다.

"혹시 동생이 모두 말했나요?"

마린의 떨리는 목소리에 주룽이 먼 산을 보며 고개를 천천히 저었다. 꾹 다문 입술은 그대로였다. 마린이 조바심에 다시 물었다.

"그럼 지하실 본부로 끌려간 건 어떻게 아셨어요?"

주룽은 여전히 먼산바라기만 할 뿐 대답이 없었다. 마린은 주룽의 눈길을 따라 언덕 아래로 보이는 남문시장을 내려다보았다. 이

제 갓 동이 틀 무렵이건만 시장 통에는 땔감장수, 야채장수, 기름
장수 들이 전을 펴고 있었다. 부지런히 오가는 장사꾼들이 바람에
구르는 목화송이처럼 앙증맞아 보였다. 주룡의 눈길이 그들을 좇
아 무심하게 움직였다. 마린이 궁금함에 몸이 틀려 또 말을 떼려는
데 주룡의 목소리가 들렸다.

"나는 살날이 얼마 남지 않았어요."

마린이 눈썹을 찡그렸다.

"예? 무슨 그런 말씀을 하세요!"

주룡이 마른 입술을 적시며 중얼거렸다.

"짐승이나 사람이나 죽을 때가 되면 직감적으로 느끼는 법이지.
그날이 멀지 않았다는 걸. 예전에 어른들이 이런 말씀을 하시면 안
믿었는데 막상 내가 당하고 보니 무슨 뜻인지 알겠소이다."

마린은 주먹을 꼭 쥐었다. 주룡은 기실 누가 봐도 위태로워 보
였다. 하루하루 잦아드는 숨결이 애가 탈 지경이었다. 주룡을 지
켜보는 주위는 모두 발을 동동 굴렀지만 되레 주룡 자신은 나날이
차분해져 갔다. 병이 깊으면 사색도 깊어지는 모양인지 드문드문
던지는 말들이 태산처럼 묵직했다.

주룡은 긴 한숨을 내쉬더니 이야기를 시작했다.

"어젯밤 아홉 시나 됐으려나. 갑자기 청년 하나가 거적문을 들
치고 들어옵디다. 순간 내가 얼마나 놀랐는지. 나는 죽은 남편이
다시 살아 돌아온 줄만 알았지 뭐요."

그러고 보니 주룽의 남편도 장가올 때가 열다섯 살 적이라고 했다. 노을과 같은 나이였다.

주룽은 재밌는 기억이나 더듬듯 부스스 웃었다.

"거칠 것 없이 들어와 내 앞에 턱하니 앉더니 다짜고짜 으름장을 놉디다. 부모를 잃은 마당에 누나까지 놓칠 순 없다고. 당장 우리 누나 내놓으라고. 그 성질 급한 거 하며 당돌하기가 똑 내 남편이지 않겠소. 그래서 자초지종을 물었소."

마린이 사색이 돼 주룽의 옷소매를 잡았다.

"그럼 노을이가 다 말했단 거예요? 제 정체랑 원…."

마린 입에서 '원정대'라는 단어가 막 튀어나오려는 순간 주룽이 손을 번쩍 들었다.

"걱정 마시오. 들은 거 없소. 있어도 난 기억 못 하오. 당신이 어디서 온 사람이고 무엇을 목적으로 하는지 관심 없소. 그냥 한 가지만은 확실히 아오. 기자님은 우리 노동자들의 적이 아니란 사실. 나를 찾아온 데는 무슨 곡절이 있는 모양인데, 나는 그 일이 우리를 위한 일일 거라고 믿고 있을 뿐이오."

마린은 커다란 바위처럼 묵직하게 앉아 있는 주룽의 옆모습을 바라보았다. 동녘으로 새 해가 떠오르고 있었다. 해가 떠오르는 순간, 그것을 지켜보고 새 날을 맞이하는 인간…, 마린은 떠오르는 태양이 지구의 생명을 비출 때 비로소 그 찬란함이 발한다는 사실을 알게 됐다. 주룽 역시 마찬가지였다. 오늘 다할지 내일 다할지 모르는 목숨이었으나 지금 이 순간만큼은 숭고한 존재였다. 아침 햇살을 받아 부옇게 빛을 내는 주룡은 남자도 여자도 아닌 굳건한 의지를 지닌 한 인간으로 보일 뿐이었다.

마린이 주룡의 오른손을 찾아 쥐었다.

"저하고 같이 가요. 저하고 제가 사는 세상으로 가요. 거기 가면 다 해결될 수 있어요."

주룡이 의아한 표정으로 고개를 기울였다.

"어디로 가자는 거요? 어떤 세상?"

마린이 대답했다.

"주룡 씨, 저와 제 동생을 믿어 주셨지요. 그럼 한 번만 더 믿어 주세요. 제가 하자는 대로 하시면 새로 살 수 있습니다."

마린이 말을 끝내자 머리핀에서 삐, 하는 경고음이 떴다. 카이의 목소리가 들렸다.

"마린, 지금 하시는 발언은 탐사대 삼대 원칙에, 그리고 케이스타의 동시 타임 슬립 가능 인원은 한 명으로 제한돼 …."

카이가 말을 채 마치지도 않았는데 마린이 손끝으로 머리핀을 꾹 눌러 껐다. 그리고 주룡을 졸랐다.

"같이 가요."

주룡은 뜻 모를 표정을 띤 채 남문 장거리만 내려다볼 뿐이었다. 마린이 네? 하며 주룡 무릎에 손을 얹었다.

주룡이 말문을 열었다.

"난 도망치지 않을 거요."

"도망이 아니에요. 살길을 찾아가자는 말씀이지요."

주룡이 머리를 흔들었다.

"나는 조선에서 나서 조선에서 죽을 거요. 조선 사람이니까."

마린이 초조해 조바심을 쳤다.

"누가 헬조선 사람 하지 말래요? 참나, 그게 뭐가 그리 좋다고? 제 말은 그 뜻이 아니라…."

마린이 종알거리는데 주룡이 조용히 팔을 뻗어 언덕 아래 시장을 가리켰다.

"작년 유월, 내가 을밀대 지붕에서 뭘 본 줄 아시오?"

마린이 고개를 저었다.

"동도 트기 전에 올라가 광목천을 온몸에 친친 감고 앉아 있자니 서러움이 북받칩디다. 내가 어쩌다 이런 지경에 이르게 됐나. 돌이켜 보니 살아온 세월이 기막힐 뿐이고. 한참을 우두커니 앉아 있는데 새벽빛이 밝아 오고 내 발밑으로 평양 성내가 한눈에 들어오지 않겠소."

주룡은 1년 전 일이 어제처럼 선명한 모양이었다.

"평양 성내가 비할 데 없이 아름답고 장엄한지 그제야 알았소. 소쿠리처럼 엎어져 다닥다닥 붙어 있는 집들 하며 쭉쭉 뻗은 시가지, 그사이 우뚝우뚝 서 있는 신식 건물에, 그 한가운데를 유유히 흐르는 대동강. 모두 어우러져서 감탄이 절로 나옵디다. 허구한 날

고무신 붙이러 다닐 때는 보이지 않았던 광경이 눈앞에 펼쳐지는데, 아! 집도 많고 골목도 많다. 저 많은 집 속에 살아 보겠다고 아웅다웅하는 사람들이 빼곡히 차 있겠구나 하는 감회가 들더이다. 그렇담 나도 허망하게 죽을 수는 없지. 살아서 산 자국 하나는 남기고 가야지, 하는 욕심이 솟구치더이다. 죽을 자리를 찾아 올라온 곳에서 삶을 본 게지요. 그날 아침, 구경꾼 앞에서 일장 연설을 할 수 있었던 용기도 거기서 나온 겁니다. 저 아래 시장 통에서 새벽 장사를 하는 보통 사람들한테서요."

주룡이 말을 마쳤다.

마린은 더 이상 주룡에게 떼를 쓰고 졸라 댈 마음이 사그라져 버렸다. 앞도 뒤도 재지 않고 안타까운 마음에 주룡을 프록시마로 데려가겠다고 덤빈 자신이 얼마나 철없는 아이였는지 뼈가 저렸다. 죽음의 고비를 몇 번씩 넘긴 사람은 저렇게 마지막 앞에서 초연할 수 있는 것일까? 마린은 주룡의 옆모습을 하염없이 바라보며 깊은 울림에 빠졌다.

"자, 이거 받아 주시려오?"

그때, 주룡은 신고 있던 고무신을 벗어 마린 앞에 놓았다. 고무신은 옆구리를 기운 채 때가 절고 바닥이 종잇장처럼 닳아 있었다. 고무공장에 다녔다는 여공이 신기에는 너무 낡은 신이었다.

"이 신을 보며 나를 기억해 줄 수 있겠소?"

마린이 고무신을 두 손으로 받쳐 들며 물었다.

"왜 신을 주세요? 하나밖에 없는 건데."

"저승 갈 때 신 신고 가는 사람 보았소? 어차피 나 죽으면 내다 버릴 건데 기자님이 거두어 주시면 고맙지요."

"그런 말씀 마세요. 그리고 전 평생 주룡 씨 못 잊을 거예요."

"나처럼 하찮고 볼품없는 사람을 기억하겠소?"

주룡이 못 믿겠는지 재우쳐 물었다.

마린이 주룡의 고무신을 가슴에 안았다.

"역사는 바로 주룡 씨와 같은 사람을 기억하고 기록하기 위해 있는 겁니다. 저는 그 일을 하기 위해 당신을 찾아온 거구요."

마린의 대답에 주룡의 눈가가 붉게 물들었다.

"그 말 참말이오? 싼값에 써먹다 내버리는 여공에다, 시집에서 쫓겨난 청상과부에다, 가난에 절어 집 한 칸 없는 나 같은 비렁뱅이도 기억할 만한 사람이오?"

마린이 대답했다.

"동료들의 생존권과 노동권을 위해 싸운 노동자, 남편과 함께 독립투쟁에 나선 투사, 가족을 위해 헌신한 큰누이로 기억할 겁니다."

주룡의 눈에서 한줄기 눈물이 주르르 흘렀다. 그뿐이었다.

주룡의 장례식엔 평양 고무공장 노동자 100여 명이 모였다. 마린은 주룡이 묘지에 묻히는 모습을 먼발치에서 지켜봤다. 용옥의 애끊는 곡소리가 멀리 서 있는 마린의 가슴에 파고들었다. 주룽의 관을 옮기던 달헌이 멀리서 마린을 알아본 것도 같았지만 곧 외면하고 신경 쓰지 않았다.

프록시마b로 돌아온 마린이 첫 원정 탐사 보고회 연단에 섰다. 마리우스 박사와 역사복원위원회 회장과 위원들이 회의실 테이블에 둘러앉았다.

마린은 목청을 가다듬고 보고를 시작했다. 그녀가 선 단상 앞에는 허름한 고무신 한 켤레가 놓여 있었다.

"헬조선은 우리의 짐작과는 너무 다른 곳이었습니다. 그 시대의 한반도는 한마디로 간단하게 설명할 수 있는 체제가 아니었습니다. 제가 탐사한 천구백삼십년 대는 일본의 식민 통치를 받는 일제 강점기였습니다. 암울한 시기가 틀림없습니다. 조선인이라고 불리던 한국인들은 일본제국주의 지배 아래에서 온갖 통제와 핍박, 차별과 수모를 겪고 있었습니다. 그러나 어둠이 깊을수록 촛불은 더욱 환하게 빛나는 법이지요. 지금 여러분께 나눠 드린 제 보고서를 읽어 보시면 무슨 뜻인지 아실 수 있을 겁니다. 첫 탐사를 마치고 온 제 의견을 말씀드리자면 이렇습니다. 헬조선, 당시를 살아 냈던 한국인이 어떤 사람들이었는지에 대한 탐사와 연구는 우리 프록시마 이주민들에게 큰 귀감이 돼 줄 것입니다. 이것으로 제 첫 원정 보고를 마치도록 하겠습니다."

마린이 경례를 붙이자 회의실에 있던 모두가 박수로 화답했다.

원정대 본부로 돌아온 마린은 마리우스 박사와 마주 앉았다.

"방어복 기능을 좀 더 다양화하고 향상시켜야 할 필요가 있습니다. 그리고 박사님, 케이스타가 시간 이동에서 불안정했어요. 이건 탐사를 하는 조건으론 치명적인 문제입니다."

마리우스 박사는 뒤에 서 있는 레몬티를 슬쩍 쳐다봤다. 레몬티가 박사 대신 대답을 했다.

"예, 그렇지 않아도 정 대원님이 탐사를 떠나신 후 시간 이동에서 오류가 났다는 걸 본부에서도 바로 확인했습니다. 자기장 흐름이 일률적이지 않은 순간 시간의 고리에 틈이 생겨 다른 시간대로 빨려 들어가는 현상이 벌어졌더군요. 그날 이후, 박사님께서는 정 대원님의 무사 귀환을 위해 하루 두 시간 이하로 주무시며 타임머신 수리 작업에 매달리셨어요."

마리우스 박사가 말을 이었다.

"이제는 완벽하게 고쳤네. 타임머신 기계가 완벽하지 않은 상태에서 과거 지구로 탐사를 떠나는 대원은 자네가 처음이자 마지막이야. 자네에게는 미안하다는 말밖에 할 말이 없네."

마린이 너그러운 말투로 대답했다.

"무사히 돌아왔으니 됐어요."

마리우스 박사가 아, 하며 말했다.

"그거 아나? 자네를 보내 놓고 원정대 연구팀 모두가 여기 타임머신 방에서 먹고 자며 자네의 동향 파악과 무사 귀환을 위해 애를 썼네."

마린은 가슴이 따뜻해졌다. 마린으로서는 연구원들과 친해질 기회도 갖질 못한 채 떠난 탐사였다. 비록 다들 안드로이드지만 감정 이입 성능이 갖추어진 최고급 사양 로봇들이었다. 마린은 다가와 자신을 둘러싸는 안드로이드들과 일일이 악수를 나누었다. 순간 달헌과 용옥, 그리고 노동조합원들이 생각났다. 피 한 방울 섞이지 않은 남남이지만 한뜻, 한마음으로 뭉친 그들은 가족보다도 더 끈끈한 정을 나누고 있었다. 물론 그 결속력이 지나쳐 배타적이거나 일방적인 면모가 없지 않았지만 서로를 믿고 의지하는 모습은 프록시마인들과 비교해 모자람이 없었다.

"자, 자세한 이야기는 내일 또 듣도록 하고 오늘은 이만 집에 가 보게나. 동생이 누나를 학수고대하고 있을 걸세."

마리우스 박사가 마린에게 악수를 청했다. 불안정한 조건 속에서도 첫 원정 임무를 훌륭히 완수한 대원에게 격려와 고마움을 전하는 악수였다.

마린은 라인에서 내려 집까지 이어지는 길을 천천히 음미하며 걸었다. 방금 전 자신은 인류가 탄생하고 긴 역사를 엮어 낸 지구를 방문하고 귀환한 몸이다. 2017년 서울 굴뚝 꼭대기에서 본 노을과 1932년 평양 을밀대에서 본 여명이 꿈결 같았다. 앞으로 몇 차례나 더 원정 임무를 가지고 과거의 지구를 방문할지 알 수는 없었다. 그래서일까? 첫 탐사는 결코 쉽게 잊히지 않을 것 같았다.

마린은 주룽의 마지막 얼굴을 떠올리다 문득 걸음을 멈추었다. 나를 기억해 주겠냐는 말을 건네며 쳐다보던 그 눈빛을 어찌 잊을 수 있을까? 마린은 검붉은 프록시마 항성을 올려다보며 중얼거렸다.

"주룽, 반가웠고 고마웠어요. 덕분에 무사히 집으로 돌아올 수 있었어요."

마린이 멀찍이 보이기 시작하는 집을 향해 다시 힘차게 걸음을 옮겼다.

"그래도 집은 내 집이 편하지."

마린은 힘겨운 하루를 마치고 퇴근하는 가장의 미소를 띠고 집 대문에 마주섰다. 마린이 벨을 누르려고 손을 드는데 대문이 스르르 열렸다. 거기에는 바로 얼마 전 달헌의 지하실 문 앞에 서 있던 모습 그대로 노을이 서 있었다.

"다녀왔어, 누나?"

"노을아!"

마린은 다 큰 동생을 얼싸안고 등을 두드렸다.

노을이 펄쩍 뛰며 몸을 뒤로 빼려 했다.

"아, 징그럽게 왜 이래! 타임 슬립 몇 번 하더니 정신 나갔어?"

"야, 정노을! 너 아니면 누나 죽을 뻔했어."

마린은 꿈틀거리는 동생을 더 꽉 끌어안고 코를 훌쩍였다.

노을이 큰소리를 땅땅 쳤다.

"내가 누구냐! 나 정마린 동생 정노을이야. 이런 위대한 분께서 누나의 절체절명 위기를 못 본 척 하겠냐?"

노을이 능글맞게 대거리를 하자 마린이 동생을 놓아주며 깔깔 거렸다.

"그 위대한 분께서 시험 점수는 어떻게 받으셨나?"

"시, 시험? 무슨 시험?"

"무슨 시험이냐니. 내가 탐사 떠난 날 본 시험 말이지."

"아, 그거야 물론…, 하하하."

노을이 얼굴에 억지웃음을 흘렸다.

마린은 어느새 엄한 누나로 돌아와 눈짓을 했다.

"카이한테 다 들었거든. 일단 들어가서 얘기하자."

"어허, 이거 왜 이러시나. 생명의 은인한테!"

노을이 위기를 모면하려 큰소리를 쳐 보았지만 마린의 얼굴은 더욱 싸하게 굳었다.

"들어가자고."

"네."

노을은 풀 죽은 강아지가 돼 누나를 졸졸 따라 들어갔다.

오누이는 저녁 식탁에 마주 앉았다. 식탁 위에는 역사복원위원회 에서 무사 귀환을 축하하는 선물로 보낸 음식이 잔뜩 쌓여 있었다.

"아까 마리우스 박사님께 들었어. 네가 자원해서 기겠다고 했다 며."

마린이 맞은편에 앉은 노을을 향해 말했다.

"머리핀이 누나 몸에서 떨어지고 바로 원정대 본부 조정실에 긴급 구호 신호가 전송됐어. 근데 그 시점이 타임머신 기계가 미처 다 고쳐지기 전이었거든. 카이가 괴한들이 와서 누나를 납치했다는데 누군가는 가야 하잖아. 방어복에 있는 위치추적기가 누나가 어디로 잡혀 갔는지 정확히 가리키는데 안 갈 수가 있나. 하지만 어른은 케이스타를 탈 수 없고 그렇다고 아직 시간 오작동을 일으킬 수도 있는 기계에 들어갈 아이를 찾는 것도 불가능이고. 그래서 내가 가겠다고 자원한 거야."

마리우스 박사는 노을이 나서자 탑승을 허락하지 않았다. 훈련이 전혀 돼 있지 않은 민간인이라는 게 그 이유였다. 노을은 여섯 시간 내로, 누나만 위험에서 구한 뒤 바로 돌아오겠다고 약속을 하고서야 타임머신 기계에 오를 수 있었다.

"누나! 나 말이야. 헬조선 원정대에 지원해 볼까? 한 번 해 보니까 것도 꽤 할 만하던데."

노을이 식탁에 놓인 갈비찜을 냄비째 들고 앉아 먹어 대며 말했다.

"글쎄, 지금 그 성적 가지고는 상당히 어려울걸?"

마린이 신선한 초밥 하나를 입에 쏙 넣으며 대답했다. 인공 단백질로 만든 생선 살 모양의 덩어리는 지구의 물고기를 먹어 본 적 없는 프록시마인들에게 매우 만족스러운 영양분이었다. 노을도 질세라 갈비 하나를 거칠게 뜯어 와구와구 씹었다. 마린은 동생의 우스꽝스러운 몸짓에 와하하, 하고 웃음을 터뜨렸다.

식사를 마치고 오누이는 거실로 나와 소파에 나란히 앉았다. 카이가 과일 접시를 내왔다.

노을이 카이를 돌아보며 말했다.

"누나가 탐사한 천구백삼십년 대 헬조선 영상 좀 띄워 봐."

곧바로 소파 앞 유리 벽면이 평양 을밀대로 가득 찼다. 마린은 꿈에서 본 광경을 다시 만난 듯 윗몸을 일으켰다.

"저기야, 저기. 누나가 처음 떨어져 헤매던 데가."

마린은 신이 나서 수다를 떨어 댔다. 1년이나 지난 일을 목격하겠다고 행인들을 붙잡고 물어보던 일, 주룡의 움막을 처음 찾던 일, 여인숙 주인과 밥값 때문에 티격태격하던 일까지 상세하게 설명하느라 열을 올렸다. 노을은 신나게 떠드는 누나를 가만히 들여다볼 뿐이었다.

"야, 너 왜 아무 말 안 하고 누나만 쳐다보냐? 기분 나쁘게."

한창 정신없이 떠들던 마린이 머쓱해서 툴툴거렸다. 노을이 픽 웃었다.

"기분 나쁠 것도 많다. 근데 누나."

노을이 차분한 어조로 마린을 불렀다.

"왜?"

마린이 파인애플 조각 하나를 콕 집어 먹으며 대꾸했다.

"누나, 탐사 또 가라면 갈 거야?"

"당연하지. 근데 왜?"

"…."

노을은 마린의 시원스러운 대답을 들으며 물끄러미 앞만 바라보았다.

마린은 동생의 대답을 기다리다가 뭔가 심상치 않은 낌새를 채곤 바로 앉았다.

"야, 정노을! 너 왜 그래?"

"아니, 그냥. 누나는 정말 엄마를 많이 닮은 거 같아서."

"엄마?"

마린은 동생의 입에서 엄마 소리가 나오자 멈칫했다.

"아님 아빠를 닮은 건가?"

노을이 중얼거리며 턱을 쓰다듬었다. 그 옆모습이 돌아가신 아빠와 꼭 닮았다고 생각하는 마린이었다.

"갑자기 그 얘긴 왜 꺼내니?"

마린이 묻자 노을이 싱겁게 웃었다.

"모험을 겁내지 않는 누나를 보니까 문득 생각이 나서. 엄마 아빠도 위험한 모험을 두려워하지 않으셨잖아."

"두 분 모두 용감한 군인이시잖아."

마린이 느릿한 말씨로 대꾸했다.

마린은 실종이란 단어의 뜻을 부모님의 사고로 알게 됐다. 실종은 전사와는 다른 뜻이라고 군복 입은 어른들이 말해 주었다. 어딘가 살아 계실지도 모른다고, 다시 너희 곁으로 돌아오실 수도 있는 거라고…, 군복 입은 어른들은 나이 어린 마린의 어깨를 두드리며 이렇게 말하곤 했다. 마린은 엄마 어디 갔냐고 떼쓰며 우는 노을을 달래며 나이를 먹었다. 다른 친구들이 겪는 사춘기조차 마린에게는 사치스러운 감정놀음으로 보일 뿐이었다.

"누나, 나 솔직히 말해서 엄마 아빠가 어딘가에 살아 계실 거라 믿고 있어. 한번도 의심해 본 적 없어. 그냥 우리와는 시공간이 다른 우주 어딘가를 여행하고 계신다고 말이야. 그 여행의 최종 목적지는 바로 우리가 있는 프록시마b가 되겠지."

마린은 놀라지 않을 수 없었다. 노을이도 자신과 같은 믿음을 품고 있었다니, 짐작조차 못 한 일이었다. 헬조선 원정대 첫 출근 날만 해도 부정적인 말만 쏟아 내던 동생이었다. 부모에 대해 아무런 희망을 갖지 않는 동생이 가슴 미어지게 안타깝던 마린이었다. 그 동생이 지금 마음속에 깊이 감추었던 본심을 꺼내 놓은 것이다.

"나도 똑같은 생각을 하고 있었어."

마린이 조심스럽게 대꾸했다.

노을이 말했다.

"언젠간 돌아오실 거라고 믿고 있지만, 그렇지만 지금 내 곁에 있는 사람은 누나뿐이야. 그러니까 누나. 다시는 목숨 위험한 상황으로 가지 않겠다고 약속해 줘. 함부로 목숨 걸고 모험하는 것도 마찬가지야."

마린은 할 말이 없었다. 어쩔 수 없는 일이었지만 어쨌든 탐사를 떠난 과거 지구에서 마린은 위험한 상황에 빠진 게 사실이었다. 마린은 죽음까지 각오하며 달헌에게 대들던 자신을 돌이켜 보았다. 사명감에 휩싸인 채 내린 결정, 하지만 그런 짓이 동생 노을에게 어떤 충격이 될지는 미처 가늠하지 못했다. 통렬한 후회가 밀려왔다.

"노을아, 미안하다. 내가 미처 네 생각을 못 하고…."

마린은 고개를 들지 못했다.

오누이 사이에 무거운 침묵이 맴돌았다. 과일 접시를 치우러 나왔던 카이가 두 사람을 보더니 조용히 주방으로 물러가 버렸다. 마린과 노을은 유리벽으로 흐르는 과거 지구 풍광에 눈을 던져 둔 채 말이 없었다. 각자 깊은 생각에 잠겨 꼼짝 않고 앉아 있었다.

"안 되겠지? 누난 엄마 아빠를 꼭 빼닮은 딸이니까."

노을이 침묵을 깨고 입을 열었다.

"응?"

뜻밖의 말에 마린이 머리를 들었다.

"원정대 일 말이야. 내가 떼를 쓴다고 될 일이 아니라고."

노을이 두 손을 바지 주머니에 꽂아 넣으며 말했다.

"노을아, 그게 그러니까…."

마린이 대답할 말을 찾느라 우물거리는데 노을이 중얼거렸다.

"과거 지구로 찾아가서 누나를 보았을 때 깨달았어. 누나가 있어야 할 자리가 어디인지."

마린으로선 노을이 어떤 장면을 보았다는 것인지 알 수 없었다. 하지만 방금 이 말을 꺼내는 노을의 표정은 더없이 진지했다.

"노을아, 네가 정 싫다면 그만둘게."

마린이 동생의 어깨에 손을 얹었다.

노을이 단호한 목소리로 대답했다.

"아니. 그만두지 마. 내가 묶여 있는 두려움에 누나까지 얽어매고 싶지 않아."

그 말엔 노을이 자신이야말로 두려움을 이겨 내고 싶은 마음이 절실하다는 뜻이 깃들어 있었다.

밤이 깊었다. 침대에 누운 마린은 저녁 때 동생과 나눈 대화를 곱씹고 또 곱씹었다. 생각이란 하면 할수록 얽히고설켜 답을 내기 어려운 법이다. 다만 마린에게 한 가지 뚜렷한 답은 있었다. 내일 날이 밝으면 원정대 본부로 출근할 것이다. 그리고 두 번째로 떠날 탐사를 준비하기 위해 훈련과 연구를 시작할 것이다. 동생 노을은 그런 누나를 지켜보며 자신의 앞날을 설계할 것이다. 어릴 적, 열두 살 마린이 탐사 우주선에 오르던 부모님을 보며 다짐했던 그 모습 그대로 말이다.

작가의 말

강주룡은 최초의 고공농성투쟁 기록을 가지고 있는 고무공장 여공이다. 고무공장이란 일제강점기 고무신을 만들던 신발공장을 뜻한다. 그리고 여공이란 공장에서 근로하는 단순기술직 여성을 일컫는 말이다. 강주룡은 스물아홉 살 때인 1931년 평양 대동강 변에 우뚝 서 있는 '을밀대'라는 누각 지붕 위에 올라가 시위를 벌여 세상을 떠들썩하게 한 인물이다.

강주룡은 죽음을 무릅쓰고 당시 평양 고무공장 여성 노동자들의 열악한 처우와 착취적인 임금 조정안에 대해 이의를 제기하고 개선을 요구했다. 결론부터 말하자면 강주룡의 고공농성에 힘입어 공장주들의 일방적인 임금 삭감 계획은 철회됐다. 그러나 시위 당사자인 강주룡은 직장을 잃었다. 무직의 빈민층으로 전락한 그녀는 취조와 수감 생활을 반복하다 얼마 후 영양실조와 합병증으로 세상을 떠나고 만다.

내가 강주룡을 처음 본 것은 인터넷에 떠돌아다니는 흑백 사진에서였다. 사진은 복사와 붙임을 연거푸 당한 끝이라 픽셀이 흐릿하게 뭉개져 있었다. 애초에 원본 사진이 일제강점기에 촬영돼 신문 사회면에 작게 실린 이미지이니 선명한 상태를 기대하기는 어려웠다. 한데 사진 속 을밀대 지붕 위에 오뚝하니 앉아 자신을 구경하러 모여든 사람들을 내려다보고 있는 강주룡의 표정은 차분했다. 흐린 사진이라도 강주룡의 담대한 투쟁정신은 고스란히 전해졌다. 그런 그녀의 사연을 알지 못한 채 이 사진부터 봤다면 어땠을까? 이 책은 이 물음에서부터 시작됐다.

역사 소설을 쓰기 시작한 지 벌써 열네 해째가 된다. 강주룡을 청소년 독자들에게 소개하기 위해 자료를 모으고 일제강점기 노동운동에 대해 공부를 하고 줄거리를 잡는 사이, 《체공녀 강주룡》이란 책이 출간됐다. 아차! 한발 늦었구나, 하는 생각에 한동안 의기소침해 작업을 옆으로 밀어놓았었다. 대신 SF소설 쓰기를 공부하며 원고를 준비했다. 역사와 SF의 조우를 꿈꾸며 인물을 찾던 내게 강주룡이 다시 떠올랐다. 나는 구입해 두었던 책을 펼쳐 읽었다. 그 책을 보며 오히려 내가 강주룡과 을밀대 사건을 통해 하고 싶은 말이 무엇인지 선별되고 분명해지는 경험을 하게 됐다.

여러분이 펼쳐 들고 있는 이 책은 삶의 고비를 넘긴 후 출간하게 된 첫 청소년 장편소설이다. 2년 전 큰 병에 걸린 사실을 알게되고 그 후 두 해 동안 나는 투병 생활을 하느라 집필에 전념하지 못했다. 원고는 이미 발병하기 전에 다 써 놓은 상태였지만 출간을 위한 작업은 기약 없이 연기됐다. 아직도 나는 완치가 아닌 회복기에 놓여 있는 상태다. 작가라면 누구나 마찬가지겠지만 지은이에게 있어 작품이란 자식과 같은 존재다. 잘 키워서 세상에 내보내 많은 사람과 더불어 행복하기를 바라는 것이 작품을 쓴 작가의 마음이다. 나는 치료를 완료하자마자 원고를 꺼내 다시 다듬고 고쳐서 출간을 준비했다. 그 과정에서 아직 체력을 회복하지 못한 탓에 휘청거리는 나를 응원하고 일으켜 준 이가 바로 강주룡이었다. 그녀의 삶을 들여다보면 볼수록 내가 겪는 모든 일은 그저 작은 삶의 조각에 지나지 않음을 깨닫게 된다.

독자 여러분께 강주룡의 삶을 소개하게 돼 한없이 기쁘다. 그녀의 삶이 결국 비극으로 마무리됐다 하더라도 우리는 안다. 무엇이, 어떤 마음가짐과 태도가 생을 빛나게 해 주는지 말이다.

아쉬운 단풍이 낙엽 지는 오후에
김소연